Pourquoi les montgolfières volent et les pommes tombent ?

COMPRENDRE LES LOIS DE LA PHYSIQUE QUI FONT TOURNER LE MONDE

JEFF STEWART

Traduit de l'anglais
par Julien Laurent

City

Publié en Grande-Bretagne par Michael O'Mara Books Limited
sous le titre *Why balloons rise and apples fall*
ISBN : 978-2-35288-771-3
Code Hachette : 50 8809 1
Rayon : Sciences

Couverture : Studio City / Shutterstock
Illustrations intérieures : David Woodroffe
Collection dirigée par Christian English & Frédéric Thibaud

Catalogues et manuscrits : www.city-editions.com

Dépôt légal : troisième trimestre 2011
Imprimé dans la C.E.E.

Sommaire

1

Une brève histoire de la physique

Qu'est-ce que la physique ? D'une certaine façon, c'est tout. La physique nous propose la théorie du big bang pour expliquer la création de l'Univers. Elle se penche sur les origines de l'humanité et cherche à comprendre le fonctionnement de tout ce qui nous entoure. Elle nous raconte comment les premières particules de matière sont apparues, comment sont nées les premières étoiles et comment, il y a des milliards d'années, a pris forme le vaste et exceptionnel monde que nous connaissons aujourd'hui, bien qu'il soit un point insignifiant au sein des quelque 125 milliards de galaxies existantes.

Elle nous explique presque tout ce qui se passe dans le monde qui nous entoure : l'énergie et le mouvement, le son et la lumière, l'électricité et la matière. Et ses lois sont au fondement de la chimie et de la biologie. La physique inspire également de merveilleuses idées nouvelles. Par exemple, elle affirme que les voyages dans le temps sont possibles. Malheureusement, elle révèle aussi que nous sommes probablement trop grands pour en profiter.

Bref, la physique moderne nous donne un point de vue fascinant, impressionnant, et parfois même insolite, sur notre univers et sur la place que nous y tenons.

Les pommes qui tombent et les ballons qui volent ne sont que le commencement.

C'est la loi

LES PHYSICIENS - un mélange entre des chercheurs en mathématiques et des personnes plus pratiques qui adorent réaliser des expérimentations, comme propulser de petites particules de matière contre d'autres particules encore plus petites – pensent pouvoir expliquer ces phénomènes parce que tout se produit selon les lois de la nature.

Ces lois montrent que, si cela arrive, c'est qu'il en est ainsi. Si je suspends un poids (moi, par exemple) à un ressort, sa tension sera proportionnelle à mon poids : si je double le poids, je doublerai la tension. (Cette loi est connue sous le nom de loi de Hooke, parce qu'elle a été découverte par le physicien britannique du dix-septième siècle Robert Hooke.)

Les lois de la physique sont très utiles, car elles découlent d'une science pratique.

Ce qu'elles nous ont appris nous a permis de tout construire : des pèse-personnes (grâce au ressort), des milliers de petits gadgets, les ampoules qui éclairent nos villes ou les avions qui (normalement) ne s'écrasent pas sur elles.

Bien entendu, elles nous ont aussi permis de construire assez d'ogives nucléaires pour tout réduire - nous et la vie telle que nous la connaissons - en miettes.

Comment avons-nous découvert la physique ?

LES GENS ONT TOUJOURS ESSAYÉ d'expliquer et de prédire. Cette envie semble être une part essentielle de ce qui fait de nous des humains. Mais ce n'est qu'à partir du moment où nous avons cessé de considérer que tout, de la foudre aux tremblements de terre, était le fait d'un groupe de divinités irascibles, que nous avons commencé à extraire quelque chose d'utile de nos observations.

Voilà ce qu'est la physique. Mais un bref tour d'horizon des 2500 ans de progrès scientifique nous donnera une meilleure idée de notre situation actuelle.

Et, je l'espère, cela prouvera à tous ceux qui sont encore un peu effrayés par le sujet que la physique ne mord pas - même si elle explose parfois.

Tout vient de la Grèce

IL Y A PRÈS DE 2500 ANS, les anciens Grecs réfléchissaient très sérieusement. Et alors qu'ils couraient nus lors des premiers Jeux olympiques, qu'ils écrivaient les mythes et les légendes des dieux, des héros astucieux et des monstres à plusieurs têtes, et qu'ils bâtissaient des temples splendides, ils mettaient en place de très intéressantes théories scientifiques.

Par exemple, Thalès supposait que la terre flottait sur l'eau, et que les tremblements de terre étaient provoqués par les vagues. Aristote, dont la *Physique* est le premier ouvrage sur la physique qui utilise ce mot comme titre, croyait que tout ce qui existait dans le monde était fait de terre, d'air, de feu et d'eau, et que les cieux étaient le fruit d'une substance divine appelée *éther*. La fumée, pensait-il, s'élevait dans le ciel parce qu'elle était principalement constituée d'air, et que l'air tendait toujours à surplomber la Terre.

Ces théories étaient simplistes. Et lorsque les Grecs affirmaient qu'un objet se comportait de telle manière parce que c'était dans sa nature de le faire, cela ne conduisait nulle part. Une discussion sans fin, tel le serpent qui se mord la queue, le parfait exemple de ce que n'est pas la physique moderne. (Aujourd'hui, nous essayons d'expliquer les choses en fonction d'autres choses, ce qui est une façon de dire que nous aimons habituellement critiquer le travail des autres.)

Les Grecs prétendaient, par exemple, que tous les cercles que nous voyons sont d'une certaine façon des ombres de la « Forme » ronde. Les Formes étaient censées être d'essence divine, parfaites et étrangères au monde ; et la Forme ronde était le parfait modèle pour tous les objets ronds.

Mais, on peut s'en douter, on ne fait que tourner en rond lorsqu'on affirme que la rondeur d'un objet peut s'expliquer par le fait qu'il est... rond. Une telle approche, comme nous l'avons dit, ne mène nulle part.

Par le jeu de la pensée

Le problème vient en partie du fait que les anciens Grecs tendaient à penser qu'ils pouvaient être capables de mettre au jour les fondements du monde grâce au seul pouvoir de la pensée. Comme le monde autour de nous est imparfait, pensaient-ils alors, il n'y a aucune raison de l'observer plus attentivement et de s'attendre à ce qu'il se comporte d'une manière parfaite.

Et même lorsqu'ils observaient ce qui se passait autour d'eux, ils faisaient parfois d'étranges erreurs.

Par exemple, Aristote réalisa des études approfondies des plantes et des animaux, mais il pensait que les hommes avaient plus de dents que les femmes.

Prévoir la course des planètes

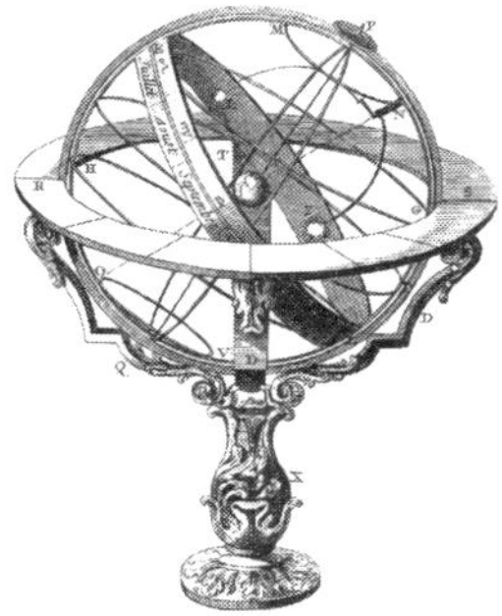

Quelques centaines d'années plus tard, Ptolémée (dont le *nomen*, Claude, semble indiquer une citoyenneté romaine) établissait un système mathématique assez précis permettant de prévoir la position des étoiles et des planètes.

C'était une étape très importante pour la science, bien qu'il pensât encore que les planètes (et le Soleil) tournaient autour de la Terre. Selon ce système, s'il voulait que ses chiffres correspondent, il avait établi que la Lune devait parfois s'approcher deux fois plus près de la Terre que d'habitude. En somme, il pensait que la Lune devrait régulièrement paraître deux fois plus grosse qu'à la normale.

Bien entendu, cela n'a jamais été le cas.

Dans le monde occidental, les idées grecques ont eu une grande influence en physique pendant 1500 ans, et ce, principalement parce que l'Église les acceptait.

En effet, la chrétienté, comme le monde grec, plaçait l'homme au centre de l'Univers. Les étoiles trouvant toutes une place à l'intérieur d'une énorme sphère, il restait beaucoup d'espace à l'extérieur pour le paradis et l'enfer.

Lors du déclin de la civilisation grecque, un grand nombre de ces idées et des écrits ont été récupérés par les savants musulmans, qui les ont affinés et ont progressivement mis en avant l'importance des mathématiques et de l'observation, en particulier en ce qui concerne l'étude de la lumière, des étoiles et du mouvement. C'était le chemin qu'il fallait prendre, puisque, par la suite, les mathématiques et l'observation se révélèrent les éléments clés de l'évolution de la science.

La révolution scientifique

CELA PEUT SEMBLER ÉVIDENT aujourd'hui, mais cette nouvelle approche a révolutionné la manière dont nous comprenons le monde. Les gens ont commencé à découvrir qu'en observant avec attention, en mesurant le temps, la distance et l'énergie, et en assemblant avec méticulosité ces chiffres grâce aux mathématiques, nous pouvons estimer - du moins dans un laboratoire, dans des conditions minutieusement contrôlées - ce qui pourrait se passer ensuite et comprendre pourquoi. (En réalité, ce qu'il est possible de faire sans mathématiques est étonnant, comme le prouve ce livre. On a besoin des mathématiques pour établir le plus clairement possible ses théories et les démontrer devant les autres scientifiques, mais on peut généralement comprendre les grandes lignes sans avoir besoin d'y faire appel.)

L'astronomie connut également des progrès et, malgré les efforts de l'Église catholique pour y faire obstacle, la théorie selon laquelle la Terre tournait autour du Soleil gagna peu à peu du terrain. La Bible prétendant que le monde est fixe, cette nouvelle théorie sur la révolution de la Terre était – c'est le moins qu'on puisse dire – révolutionnaire.

Le grand astronome et physicien italien Galilée, équipé d'une lunette astronomique et d'une lentille divergente lui permettant d'observer les étoiles, a établi les premières preuves de cette nouvelle théorie. Pour cette hérésie, l'Église le condamna à une assignation à résidence en 1633. Il demeura chez lui, dans sa villa d'Arcetri, jusqu'à sa mort.

Puis ce fut au tour de sir Isaac Newton - philosophe, mathématicien, alchimiste,

astronome et théologien anglais -, un homme complexe et souvent très colérique, qui fut aussi le plus grand mathématicien et le deuxième plus grand physicien de tous les temps.

Dans l'un de ses ouvrages, *Principia Mathematica*, publié en 1687, il mit au point la loi de la gravitation universelle, ainsi que trois lois distinctes sur la façon dont se meuvent les objets.

Ses théories ont dominé les principes de la physique pendant 200 ans et elles forment encore aujourd'hui les bases de la plupart des calculs du mouvement utilisés par les scientifiques et les ingénieurs.

Par exemple, si vous souhaitez connaître la distance minimum sur laquelle vous pouvez arrêter votre voiture alors que vous roulez à 130 km/h sur l'autoroute et que vous ne voulez pas créer une collision en faisant le test grandeur nature, il vous suffit de réaliser l'expérience à 30 km/h, tel que l'avait fait Newton pour sa loi du mouvement, et ensuite, d'être capable de multiplier et de diviser sur une calculatrice

La mécanique de l'Univers

APRÈS NEWTON, TOUT PORTA À CROIRE que l'univers fonctionnait selon un code mécanique caché et qu'il était gouverné par des règles que nous pouvions découvrir et comprendre. Cette idée a littéralement changé l'histoire de l'humanité.

Elle a amené les scientifiques du monde entier à utiliser les outils mathématiques proposés par Newton, qui commençait à défricher le champ des découvertes, pour développer leurs théories et faire évoluer la science.

Nous avons compris pourquoi la Terre tourne autour du Soleil et comment la chaleur du Soleil parvient jusqu'à nous. Nous avons découvert les lois de la lumière, du son, de l'électricité et de l'énergie : comment tout cela change, se meut, et pourquoi ces phénomènes ne disparaîtront jamais.

Nous avons découvert que tout ce que nous voyons est fait de petites particules appelées *atomes*, lesquels sont constitués de particules encore plus petites appelées *électrons*, *protons* et *neutrons*. Même à l'intérieur de celles-ci, il existe d'autres particules plus petites.

Grâce à ces formidables informations, les ingénieurs ont commencé à construire le monde moderne.

À la vitesse de la lumière

À PARTIR DU DIX-NEUVIÈME SIÈCLE, les scientifiques ont relevé de légères failles dans les lois de Newton – et dans la branche de la physique, appelée *mécanique newtonienne*, qui découle de ces lois. Par exemple, l'orbite de la planète Mercure semblait erronée : elle ne changeait pas exactement en accord avec les équations. Le traitement de la vitesse de la lumière et la façon dont les objets irradient la chaleur posaient également des problèmes.

Il aura fallu le génie incontesté du savant allemand Albert Einstein pour commencer à résoudre ces mystères. Pendant la seule année 1905, tout en poursuivant son travail quotidien, il écrivit quatre articles qui permirent à la physique de faire d'énormes progrès. Parmi ces nouvelles idées, on trouvait la théorie de la relativité restreinte (qui démontre que l'on ne pourra jamais dépasser la vitesse de la lumière) et l'équivalence entre la masse et l'énergie (la fameuse équation $E = mc^2$, qui démontrait que nous pouvons transformer les objets en énergie et traçait ainsi la route des recherches sur la puissance nucléaire et la bombe atomique).

Les théories d'Einstein s'avéraient très proches de celles de Newton et expliquaient pourquoi Mercure prenait une telle course. Elles proposaient également une nouvelle direction pour la physique, appelée aujourd'hui *cosmologie*, qui prenait alors naissance et permettait d'étudier l'Univers en tant que système physique pour expliquer comment les étoiles et les galaxies avaient pu voir le jour. Plus d'un siècle après, les travaux d'Einstein dominent encore les recherches de physique les plus poussées.

Probablement ici ou là

En 1900, un physicien allemand, Max Planck, résolut le problème du rayonnement thermique en démontrant que l'énergie des ondes électromagnétiques pouvait être quantifiée, et que l'énergie était émise en unités naturelles, qui ne peuvent être davantage réduites. Ses recherches le menèrent alors, pendant les années 1920, à la physique quantique, une toute nouvelle branche scientifique découverte et étoffée par nombre de physiciens qui travaillaient à la même époque et dans des pays différents sur ce qui semblait être alors des problèmes distincts. Ensemble, ils révolutionnèrent la science qui reposait alors sur l'idée confortable que les mécanismes de l'Univers étaient prévisibles.

La physique quantique est la science de l'infiniment petit : les particules individuelles de lumière, la structure des atomes et de toutes les particules qui les constituent, non seulement les électrons et les protons qui étaient déjà connus, mais les petits fragments de ces fragments, tels que les quarks, tout ce qui a la propriété de n'être réellement que des ondes, dont l'existence est probable, bien que nous ne puissions en être sûrs et certains.

Nouvelles questions

Et nous arrivons ainsi à l'époque contemporaine. Aujourd'hui, le principal objectif de la physique est d'assembler les théories sur l'infiniment grand (la relativité d'Einstein) et l'infiniment petit (la physique quantique) dans une sorte d'explication de l'Univers dans son entièreté : la façon dont il fonctionne, pourquoi les lois sont ainsi, sa naissance lors du big bang et, peut-être, sa mort dans des milliards d'années.

Une version de cet objectif est appelée la théorie de Grande Unification. Peu importe son nom, elle est en train de déconcerter les physiciens du monde entier.

La mauvaise nouvelle est qu'il sera peut-être impossible de créer une telle théorie ; ou si cela se produit, on n'y arrivera pas avec de simples cerveaux humains.

Personne n'a encore abandonné, mais ce sont là quelques-unes des raisons qui poussent certains physiciens à réfléchir attentivement (ou du moins à fixer la fenêtre de leur laboratoire l'air rêveur) sur la teneur des lois et la façon dont elles peuvent s'appliquer à l'Univers.

Encore faux

BIEN ÉVIDEMMENT, LA PHYSIQUE - et ses lois - sont loin d'être aussi simples que ce résumé peut le laisser croire.

Hormis le risque d'un Armageddon nucléaire, l'effet de serre et le temps que nous perdons à travailler sur les petits gadgets que nous achèterons dans un avenir proche, il y a aussi le fait que – comme nous l'avons vu à travers son histoire, et malgré toute la confiance que nous lui accordons lorsqu'il s'agit de freiner sur l'autoroute –, parfois, la physique se trompe.

Par exemple, Aristote pensait que les objets plus lourds tombaient plus rapidement que les objets plus légers. Nous pouvons l'observer si nous prenons des plumes et du plomb. Sauf que Galilée et Newton ont prouvé qu'il se trompait.

Puis, Newton, avec l'aide de pommes tombées d'un arbre, a utilisé la théorie de la gravitation universelle pour expliquer pourquoi les choses tombaient, et démontrer comment elles gagnent de la vitesse. C'était une grande avancée, mais quelques siècles plus tard, Einstein a jeté un pavé dans la mare.

Selon ses théories sur la relativité, le poids et la vitesse de mouvement sont liés, mais d'une manière étrange : plus les choses se déplacent rapidement, plus lourdes elles deviennent. Il vous faudrait vous déplacer plusieurs milliers de fois plus vite qu'un avion de ligne avant de sentir que vous prenez du poids, mais les différentes expériences ont montré que cette théorie est valable. Or, dans certains cas, elle ne l'est pas.

En physique quantique, lorsque nous regardons le mouvement des petites, voire des très petites particules (comme une particule de lumière appelée *photon*), ce concept n'est pas applicable. Cela remet en cause les meilleures théories de notre temps sur les particules infiniment petites et leur incompatibilité avec la relativité. Quelque part, d'une certaine façon, nous nous trompons encore.

Résoudre le problème

Ces erreurs sont en partie corrigées grâce aux progrès de la science. En affinant nos connaissances en physique, grâce à une expérimentation plus sophistiquée et des mesures et des résultats de plus en plus précis, nous améliorons nos théories.

Une bonne théorie se doit toujours de prévoir ce que nous pouvons voir se produire (par exemple, si nous doublons le poids que nous y attachons, notre ressort devrait s'étirer deux fois plus). Si nous observons qu'une prédiction est juste, cela confirme la théorie. Si ce n'est pas le cas, elle est infirmée, et nous devons recommencer.

Chaque fois que nous observons ce à quoi nous nous attendions, notre confiance dans la théorie ne peut que s'accroître. Mais il ne faut qu'un seul contre-exemple pour détruire une théorie. Du moins, ce devrait être le cas… en théorie.

En réalité, lorsqu'un physicien – appelons-le monsieur X - obtient un résultat « faux », la science se retrouve face à un problème. L'une des manières de le résoudre est d'adapter et d'améliorer la théorie, sans pour autant changer ses règles de base, afin qu'elle puisse également prédire les résultats de monsieur X.

De cette façon, nous n'avons pas besoin de remettre en cause des théories utiles dans leur ensemble juste parce qu'un trublion est venu quelque peu secouer l'édifice.

Lorsque l'on parle d'élasticité, nous disons que la loi de Hooke ne s'applique que pour certains types de matériaux, et sous certaines conditions - pour être précis, elle s'applique lorsque les ressorts ont du ressort. Tirez trop fort sur le ressort et il atteint un point où il devient un simple morceau de fer tordu. Continuez à tirer et il cassera.

Mais casser un ressort ne remet pas en cause la loi de Hooke, puisqu'elle ne s'applique pas aux tiges de fer tordues.

Améliorer une théorie, en fixant des limites et des exceptions, est un travail compliqué. Une alternative simple est d'accuser monsieur X d'avoir obtenu des résultats erronés et de se demander pourquoi il a reçu autant d'argent pour ses recherches sur la fusion froide et l'éther luminifère, qu'il mène avec obstination.

Il y a toujours matière à se disputer dans le monde de la science - et pour les chercheurs, c'est aussi ce qui en fait tout le plaisir.

Des physiciens révoltés

PARFOIS, LES PETITS AJUSTEMENTS et les résultats étranges commencent à s'accumuler, comme pour les physiciens de l'école newtonienne au dix-neuvième siècle.

Nos meilleures théories deviennent des pots-pourris d'exceptions et de cas spéciaux, et les disputes font rage au sujet de résultats inexpliqués ou d'erreurs dans les expériences.

Il faut alors une révolution pour tout remettre en ordre, pour expliquer tous les problèmes et pour nous donner une toute nouvelle façon de comprendre l'Univers. L'arrivée de la physique quantique était une véritable révolution. L'Univers de Newton était solide, précis et réglé comme une horloge.

Les physiciens quantiques affirment que c'est seulement la façon dont nous le voyons, mais qu'il cache en réalité quelque chose de non substantiel et qui n'est jamais complètement prévisible.

De la même manière, certains pensent que l'acharnement à vouloir produire une théorie unifiée est le signe que la relativité et la physique quantique passent également à côté de quelque chose d'important. Personne ne sait à quoi pourra ressembler la prochaine révolution.

La physique fondamentale

LES PHYSICIENS ESPÈRENT que ces révolutions nous donneront une meilleure compréhension du monde et de son fonctionnement. La loi de Hooke est valable, mais nous avons également aujourd'hui des théories complexes (le mouvement des atomes dans un morceau de métal ou la loi de conservation de l'énergie) qui expliquent la loi de Hooke, et ce qui arrive à un morceau de métal lorsque la loi de Hooke ne s'applique plus, comment il s'étire en permanence jusqu'à parfois casser.

Il existe alors des lois qui expliquent d'autres lois. Et dans un certain sens, ces lois explicatives (qui doivent être également confirmées par des expérimentations) sont plus importantes et essentielles que les autres. À la base de toutes les couches d'explication, nous pensons qu'il n'existe que quelques lois fondamentales sur lesquelles la physique devra s'appuyer pour expliquer le monde qui nous entoure.

Même aujourd'hui, tous les meilleurs travaux sur ces lois fondamentales, qui semblent expliquer à peu près tout ce qui se passe dans l'Univers ainsi que toutes les autres lois que nous connaissons, peuvent tenir, en langage mathématique, sur une simple feuille de papier. L'un des buts de la physique est de réduire cette feuille à une simple équation mathématique qui expliquerait tout. Il reste à la trouver...

Tout mettre ensemble

LE CONCEPT DE LOIS FONDAMENTALES pose de profondes questions sur le fonctionnement exact de la physique. Les physiciens tendent à croire qu'ils doivent découvrir de vraies lois, mais ils ont beaucoup de difficultés à les identifier et à expliquer leur fonctionnement.

À la fin de cet ouvrage, lorsque nous aurons vu plus précisément les lois elles-mêmes, nous reviendrons sur ces discussions et sur ce qu'elles peuvent nous apprendre sur notre place dans l'Univers. Pour l'instant, nous dirons simplement que les physiciens essayent de mettre en lumière une image de l'Univers dans son ensemble, ce qui veut dire que, pour en comprendre une partie, il faut en comprendre une autre, mais pour comprendre cette nouvelle partie, il faut s'aider de toutes les connaissances sur la première. Alors, n'abandonnez pas si vous ne saisissez pas tout d'emblée. La lumière se fera au fil de votre lecture.

Les savants fous (et colériques)

IL FAUT AUSSI SE SOUVENIR QUE LA PHYSIQUE - tout comme le football, la mode, la pêche et tout ce qui se pratique même en dehors d'un plan d'eau, d'un stade ou d'un podium - est une activité humaine. Les physiciens sont des gens comme les autres. Ils se disputent au sujet de leurs recherches, ils se trompent, ils font ce qui doit être fait pour s'assurer d'avoir assez d'argent et continuer leurs recherches l'année suivante. Beaucoup d'entre eux travaillent avec obstination sur leurs sujets, et leurs recherches les enthousiasment énormément. Ce n'est qu'avec beaucoup de recul, lorsque l'on oublie les impasses et les querelles, que l'histoire de la physique paraît lisse et sereine.

Peut-être qu'une autre façon d'expliquer cela est que de nombreux physiciens sont, pour le dire simplement, assez dingues. Einstein, par exemple, aimait naviguer lorsqu'il n'y avait pas de vent. (« Pour le défi », disait-il.) Newton, bien évidemment, était beaucoup plus colérique que fou (peut-être parce que le mercure qu'il manipulait lui était monté à la tête). Il a consacré beaucoup de temps à se rallier ses collègues scientifiques et à rabaisser quelques-uns de ses rivaux.

Nikola Tesla, le physicien et ingénieur surdoué serbe qui a réalisé de grandes avancées dans l'étude de l'électricité, était probablement sujet à des troubles obsessionnels compulsifs. Il insistait pour que le numéro de ses chambres d'hôtel soit un multiple de trois ; il détestait toucher des objets ronds ; et il continuait à dire que ses théories étaient justes après avoir émigré aux États-Unis, alors que personne ne le croyait. Le fait est qu'il avait (en grande partie) raison.

Le plus fou d'entre tous

MAIS LE PHYSICIEN LE PLUS FOU était le Grec ancien Archimède. Il a en effet couru nu dans la rue en criant « *Eureka !* » (ce qui veut dire « J'ai trouvé ! ») parce qu'il était tout excité d'avoir découvert que le niveau d'eau s'était élevé lorsqu'il était entré dans son bain. Mais en faisant cela, il venait de trouver la réponse à une importante question que lui avait posée par le roi Hiéron de Syracuse, ce qui lui permettrait par la suite de prouver que la couronne remise à son souverain n'était pas en or. Archimède est important dans l'histoire de la science parce qu'il nous rappelle que nous pouvons tous, en physique ou dans d'autres sciences, savourer des moments « Eurêka ! »

Nous pouvons tous apprécier le spectacle – auquel nous sommes habitués, mais qui demeure toujours merveilleux – des arcs-en-ciel ou trouver un argument pour expliquer que la Terre est ronde alors qu'elle paraît plate. Et en faisant un petit effort (grâce à un peu de paix et de tranquillité, et pourquoi pas un petit verre pour faciliter l'introspection), nous pouvons même réfléchir à des expérimentations qui pourraient démontrer quelque chose d'aussi audacieux que la théorie de la relativité d'Einstein. Lisez, et voyez par vous-même. Mais n'oubliez pas de toujours garder vos vêtements et votre sang-froid !

2

Forces

Dans ce chapitre, nous découvrirons comment la poussée et l'étirement changent le mouvement des objets selon les trois lois universelles du mouvement de sir Isaac Newton ; et comment parfois, peu importe les efforts que vous faites, vous n'allez nulle part.

Commençons à avancer. Il y a 400 ans, alors que la révolution scientifique donnait ses premiers vertiges au monde entier, Galilée, Newton et d'autres physiciens précurseurs passaient la plupart de leur temps à observer comment et pourquoi les choses se mettaient en mouvement.

Et si les forces étaient un sujet assez intéressant pour que Galilée et Newton commencent leurs recherches, elles doivent l'être pour nous également.

C'est aussi un bon point de départ parce que nous avons une sensibilité intuitive aux forces et au mouvement. Nous utilisons et contrôlons des parties de la physique dans notre vie quotidienne : pour marcher, porter, transporter, conduire et jouer avec des marteaux. Et, occasionnellement, les forces et le mouvement nous rappellent à quel point les lois de l'Univers peuvent se montrer grandes, violentes et implacables.

Nous savons que, plus nous conduisons vite, plus s'arrêter demande du temps, ou que, si on est seul dans sa voiture, elle ira très vite alors que, pleine de bagages et des membres de notre famille, elle aura l'air d'un escargot sur la route des vacances. Parfois, bien entendu, nos intuitions concernant les forces et le mouvement nous induisent en erreur.

Voyons cela avec un exemple.

Flotte comme une plume, tombe comme un marteau

NOUS SAVONS TOUS que quelque chose d'aussi léger qu'une plume (une plume, par exemple !) tombera bien moins vite qu'un objet lourd (comme un marteau). Mais, parfois, ce n'est pas le cas.

En juillet 1971, lorsque Dave Scott, commandant de la mission *Apollo 15* pour la NASA, a lâché une plume et un marteau en même temps en plein milieu d'un paysage lunaire, ils ont touché le sol de fine poussière ensemble. Et puisque les contribuables américains avaient dépensé 150 milliards de dollars (d'aujourd'hui) pour l'envoyer jusque-là, nous comptions bien apprendre quelque chose de cette expédition.

Bien entendu, si vous lâchez une plume sur Terre, elle ne tombe pas directement au sol, mais elle flotte dans l'air. En réalité, l'air est l'élément-clé de cette expérience. Sur la Lune, il n'y a pas d'air pour ralentir la plume. Enlever l'air de l'équation en réalisant l'expérimentation dans le vide lunaire est le parfait exemple de la façon dont la physique répond à des questions et nous permet de découvrir ce qui se passe exactement.

Notre expérience avec des objets légers comme les plumes ne permet pas d'appréhender facilement cet élément de physique.

Ainsi, malgré les efforts de Scott, il nous semble encore qu'un poids de deux kilos tombera plus vite qu'un poids d'un kilo.

Ce n'est pas le cas. Et vous pouvez vous le prouver en vous livrant à une expérimentation intellectuelle.

Pour cette expérience de l'esprit, il vous faudra trois pommes virtuelles.

Imaginez que vous laissez tomber trois pommes, une à la fois, à peu près à hauteur de votre épaule. (C'est simple : imaginez simplement que vous avez trois bras pour toutes les tenir et imaginez que vous êtes assez grand pour que leur chute dure un bon moment. Vous voyez, vous pouvez faire de la physique.)

Alors, bien évidemment, les trois pommes touchent le sol au même moment. Maintenant, attachons deux pommes ensemble à l'aide d'une ficelle imaginaire.

Et laissez-les tomber toutes les trois à nouveau. Encore une fois, les trois pommes touchent le sol en même temps. Bien entendu : comment le fait d'attacher deux pommes ensemble pourrait-il les faire tomber plus vite ?

Imaginez que le bout de ficelle est un peu plus court. Cela va-t-il changer la vitesse de leur chute ? Bien sûr que non. Encore plus court ? Cela ne change rien.

En réalité, même si vous dérouliez un rouleau entier de scotch autour de deux pommes pour en faire une sorte de paquet aux formes inélégantes, il ne tombera pas soudainement plus vite que la pomme seule, même si ce paquet affreux est désormais deux fois plus lourd.

Vous en avez alors la preuve : les objets plus lourds ne tombent pas plus rapidement. Savourez vos pommes.

Et repartons vers la Lune.

La gravité de la situation

AVEZ-VOUS DÉJÀ VU DES PHOTOS de Neil Armstrong ou d'autres spationautes en train de marcher sur la Lune ? Avez-vous remarqué leur démarche étrange, comment ils se déplacent à grandes enjambées et peuvent faire des bonds de 60 centimètres de haut ?

Bien que, sur Terre, les objets lourds et les objets légers tombent à la même vitesse (si l'air ne vient pas les freiner), et que la même chose est vraie sur la Lune, il existe une grande différence entre ce qui se passe ici et là-haut. Il s'avère en effet que le rythme réel avec lequel les objets prennent de la vitesse en tombant (leur *accélération*, pour utiliser la véritable expression physique désignant le fait de prendre de la vitesse) est plus réduit sur la Lune que sur la Terre.

Ainsi, même dans le vide, ce n'est pas le poids des objets qui détermine la vitesse à laquelle ils chutent, mais plutôt où vous vous trouvez lorsque vous réalisez l'expérimentation.

En réalité, les spationautes qui se rendent sur la Lune peuvent réaliser des bonds six fois plus importants que sur la Terre. La raison ne se trouve pas dans le célèbre pas de danse de Michael Jackson, le *moonwalk*, mais plutôt dans la *force* appelée *gravité*, qui est beaucoup plus forte ici que sur la Lune.

La gravité, bien entendu, est ce qui nous retient sur la surface du globe et nous permet de ne pas entrer dans un monde sens dessus dessous lorsque l'on se rend en Australie ou en Nouvelle-Zélande. Mais qu'est-ce qu'une force ?

Sentir la force

NOUS NE POUVONS PAS VOIR LES FORCES. Mais nous pouvons les sentir et constater leurs effets. La force gravitationnelle fait que la Terre continue de tourner autour du Soleil et que la Lune tourne autour de la Terre, alors que d'autres forces à l'intérieur des atomes les gardent ensemble, aident à créer la matière qui fait tout ce qui nous entoure. Les forces font que votre voiture accélère et freine, tourne dans les carrefours et reste accrochée au sol lorsque vous la garez.

Pousser, tirer, tourner, serrer ou étirer, tout cela implique les forces. Tous les jours de notre vie, nous voyons des objets bouger différemment ou changer de forme à cause des forces.

La première loi de Newton

Isaac Newton a résumé tout cela dans sa première loi sur le mouvement :

Tout corps persévère dans l'état de repos ou de mouvement uniforme en ligne droite dans lequel il se trouve, à moins que quelque force résultante n'agisse sur lui et ne le contraigne à changer d'état.

C'est une loi magnifiquement simple. Mais cela ne veut pas dire que vous ne devez pas y faire attention.

La direction fait la différence

Nous sommes dans la voiture dont nous parlions au début du chapitre. Toute la famille se dirige dans un endroit agréable pour les vacances. Nous gardons une vitesse constante de 30 mètres par seconde (soit environ 108 km/h), sur une ligne droite de l'autoroute, sur la voie de gauche, probablement avec une longue file de voitures conduites par des gens très pressés derrière nous, tous en train de se plaindre et de nous maudire en attendant que nous nous rangions à droite pour dépasser la limitation de vitesse et atteindre leur point d'arrivée 10 minutes plus tôt. Mais, comme c'est une expérience importante et que 108 km/h est un joli chiffre, ils peuvent bien attendre.

Nous roulons à une vitesse constante, sur une ligne droite. Est-ce que les forces agissent sur notre voiture ?

Essayez de baisser la vitre et de sortir votre main. Oh ! Quel vent ! Il a pratiquement arraché votre main. Il y a donc une force (la résistance au vent) qui ralentit la voiture. Mais la loi de Newton ne parle-t-elle pas de forces qui peuvent accélérer ou ralentir les objets ? C'est vrai. Mais il y a un mot très important que nous n'avons pas encore analysé.

Tout corps persévère dans l'état de repos ou de mouvement uniforme en ligne droite dans lequel il se trouve, à moins que quelque force résultante n'agisse sur lui et ne le contraigne à changer d'état.

La résistance au vent (accompagnée par d'autres forces, comme la friction sur le roulement) ralentit votre voiture. Mais elle est construite pour lutter contre cette résistance et garde sa vitesse de croisière de 108 km/h. Et le résultat de ces forces, l'une poussant vers l'avant, et une autre égale poussant vers l'arrière, fait qu'il n'existe aucune force résultante agissant sur la voiture. Elles s'annulent mutuellement et vous pouvez garder votre vitesse constante.

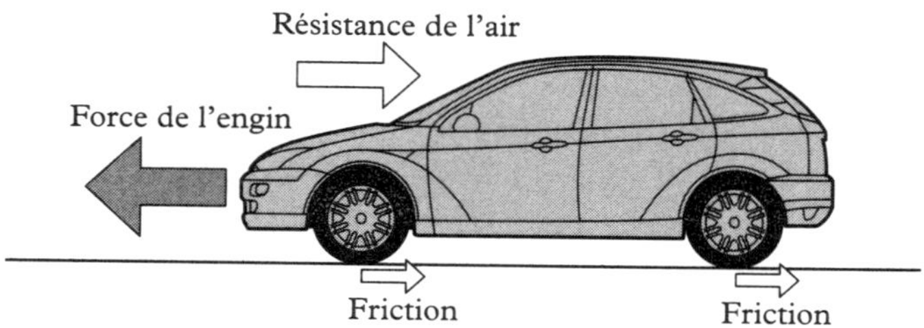

Les forces agissant sur une voiture

Tout ceci nous montre non seulement que Newton a été très avisé d'ajouter le mot « résultante », mais cela fait aussi apparaître un aspect important des forces : elles ont une *direction* et une taille, ou, comme aiment le dire les physiciens, les forces ont des quantités *vectorielles*.

Des quantités *scalaires*, comme les volumes, n'ont, d'un autre côté, qu'une taille. Un litre de lait n'est purement et simplement qu'un litre de lait.

Ajoutez un autre litre de lait dans une grande jarre et vous aurez deux litres de lait ; il n'y a rien d'autre à ajouter lorsque vous faites un tel calcul.

Les vecteurs sont plus complexes. Si je pousse une voiture avec la force d'un newton (sir Isaac était un tel génie qu'on a donné son nom à l'unité de force), et que vous poussez avec une force d'un newton, aucun de nous deux ne pousse vraiment fort.

Et, plus important encore, puisque je ne vous ai pas dit dans quelle direction nous étions en train de pousser, nous ne savons pas clairement si une force de deux newtons agit sur la voiture, ou s'il n'y en a pas du tout.

Si nous sommes tous les deux en train de pousser dans la même direction, nous pouvons additionner la force de notre poussée : il y a donc une force de deux newtons appliquée à la voiture et, si nous avons de la chance, nous pouvons la déplacer.

Mais nous pouvons pousser dans deux directions opposées, et la force résultante sera alors égale à zéro.

Et entre ces deux extrêmes, nous pouvons également pousser dans des directions plus ou moins opposées, ou alors presque dans la même direction, et nous pourrions ainsi mesurer l'angle exact de notre poussée et demander à un physicien qui passerait par là de calculer la taille et l'angle précis de la force résultante agissant sur la voiture.

Question d'équilibre

VOUS SOUVENEZ-VOUS DE NOTRE PLUME flottante ? Nous devrions désormais comprendre pourquoi, même si sur la Lune elle tombe aussi vite qu'un marteau, ce n'est pas le cas sur la Terre.

Les plumes sont légères, plates et larges, ce qui offre à la résistance de l'air et du vent une surface sur laquelle pousser. Cela signifie que, lorsqu'une plume tombe sur Terre, la résistance de l'air créé rapidement une force qui devient assez grande pour équilibrer la petite force due à la gravité qui tire la plume vers le bas. Et une fois que ces forces sont équilibrées, la plume flotte vers le bas à une vitesse basse et constance.

Les marteaux, d'un autre côté, offrent une surface assez petite comparée à leur poids élevé. Ils tombent alors très rapidement, avant que la force gravitationnelle et la résistance de l'air n'aient le temps de s'équilibrer.

Sur la Lune, bien entendu, il n'y a pas de résistance à l'air. La plume et le marteau tombent à la même vitesse parce que la force gravitationnelle est la seule à agir sur eux.

LA VÉLOCITÉ TERMINALE

Une fois que la gravité et la résistance se sont équilibrées, il n'y a plus de force résultante sur un objet. Aucune force résultante, cela signifie qu'il n'y a pas d'accélération (rappelez-vous la première loi de Newton !) et que l'objet continuera à tomber à une vitesse constante. Cette vitesse est connue sous le nom de *vélocité terminale*, en d'autres mots, la vélocité atteinte par un objet, sa dernière vitesse.

Vous pouvez clairement et facilement observer les effets de la résistance à l'air en regardant une vidéo de groupes de parachutistes se suivant les uns les autres et se donnant la main alors qu'ils plongent la tête la première vers le sol. Ils sont remarquablement doués pour modifier la position de leur corps, et donc sa forme, ce qui change la résistance de l'air qui agit sur eux et leur permet alors de tomber plus ou moins vite. Ils sont en effet capables de faire varier leur vitesse entre 55 et 90 mètres par seconde (de 200 à 320 km/h).

Lorsque les forces s'équilibrent

LA FLOTTAISON ET LE VOL sont aussi de bons exemples d'équilibrage. Un avion de ligne reste dans les airs parce que la poussée que produisent ses ailes est suffisante pour contrebalancer la force gravitationnelle.

LA POUSSÉE D'ARCHIMÈDE

Archimède a découvert que :

Tout corps plongé dans un fluide au repos, entièrement mouillé par celui-ci ou traversant sa surface libre, subit une force verticale, dirigée de bas en haut et opposée au poids du volume de fluide déplacé.

Ainsi, si vous faites doucement flotter un petit bateau dans une baignoire remplie d'eau, et que vous récupérez toute l'eau qui s'échappe de la baignoire lorsqu'elle est déplacée par le bateau, vous découvrirez que le poids du bateau est équivalent à celui de l'eau que vous aurez récupérée. Est-ce assez clair ?

De la même façon, les bateaux flottent lorsque la poussée ascendante de l'eau - qui est due à un effet appelé poussée d'Archimède - équivaut à la poussée de la gravité.

La poussée d'Archimède est la raison pour laquelle nous nous sentons si merveilleusement légers et agiles lorsque nous nageons.

Même un plongeur portant une lourde bouteille et une ceinture de lestage est si fortement poussé par l'eau que son poids est presque insignifiant, ce qui lui permet d'observer les coraux en toute légèreté.

La poussée d'Archimède agit également sur les ballons d'hélium ou d'air chaud vers le haut. L'air chaud et l'hélium, qui est un gaz, ont des densités plus basses que l'air ambiant.

Cela signifie qu'ils sont plus légers que l'air, et donc qu'un ballon plein d'air chaud ou d'hélium déplace un poids d'air plus important que son propre poids. Selon le principe de la poussée d'Archimède, cela crée une poussée ascendante sur le ballon.

Cela explique pourquoi les montgolfières doivent être aussi grandes. Un rapide calcul nous montre que, puisque le poids de l'air n'est que de 1,2 kilo par mètre cube, vous devez déplacer au moins 80 mètres cubes d'air si vous voulez être sûr que le poids déplacé est plus important que le poids moyen d'un pilote de montgolfière (environ 80 kilos).

Et pour occuper 80 mètres cubes d'espace, un cube d'air doit mesurer 4,5 mètres de côté.

Étant donné que nous déplaçons aussi de l'air, la poussée d'Archimède agit également sur nous. Dans l'air, nous pesons environ 0,1 % de moins que dans le vide.

Ainsi, l'atmosphère réduit notre poids d'environ 80 grammes pour un adulte de taille moyenne. Et il n'y a pas besoin de faire un régime pour en profiter !

Ce qu'Archimède nous explique sur la densité

La poussée d'Archimède est également utile pour authentifier une couronne, comme est parvenu à le faire Archimède il y a plus de 2000 ans, après avoir crié « *Eurêka !* » et couru nu dans les rues. Il vous suffit pour cela de comprendre l'idée de densité et de l'appliquer à ce que vous savez à propos de la poussée d'Archimède.

La densité d'un objet se calcule en divisant sa masse par son volume. Elle mesure quel est le poids d'un objet par blocs d'un mètre cube.

Matière	Densité en kg/m^3
Air ambiant	1,2
Glace	917[1]
Eau	1000
Plomb	11 340
Or	19 300
Noyau solaire	150 000
Étoile à neutrons	1×10^{18}

Le but d'Archimède était de vérifier si une couronne donnée à son roi, Hiéron II de Syracuse, était réellement en or. Il a d'abord pris un lingot d'or qui faisait le même poids que la couronne. Puis, il l'a mis d'un côté d'une balance, et la couronne de l'autre, afin de vérifier si les deux poids étaient équivalents. Enfin, il les a plongés tous les deux dans une baignoire, toujours sur la balance.

1. Ce qui explique pourquoi la glace flotte.

Si la couronne, comme le lingot, avait été faite d'or, la balance aurait encore été équilibrée, parce qu'ils auraient alors déplacé le même niveau d'eau. Mais, puisque la couronne était fausse, sa densité était inférieure. Ce qui veut dire qu'elle devait être plus grande pour avoir le même poids que l'or. Et puisqu'elle était plus grande, elle déplaçait plus d'eau et subissait une poussée plus importante que le lingot d'or. Ainsi, la couronne s'élevait et le lingot coulait (tout comme, semble-t-il, la chance de la personne qui avait fabriqué la couronne).

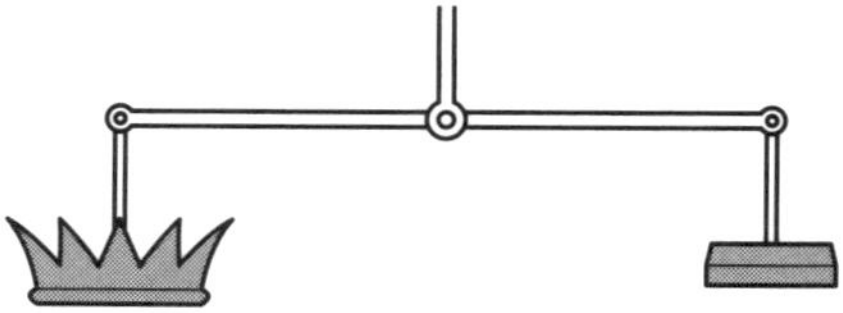

La couronne et le lingot d'or ont un poids équivalent sur la balance

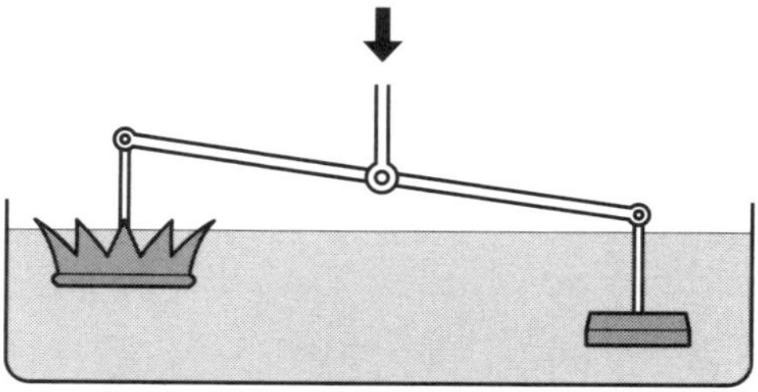

Une fois dans l'eau, le lingot d'or coule parce qu'il est plus dense

L'idée d'Archimède est utile pour vérifier si une pièce est réellement en or puisque, comme vous pouvez le voir dans le tableau présenté plus haut, l'or est plus dense que le plomb, ce qui le rend difficile à falsifier.

Vitesse et vélocité

RETOURNONS DANS NOTRE VOITURE, toujours lancée sur l'autoroute. Mais maintenant, alors que nous roulons toujours à 30 m/s, un vent latéral s'abat sur nous.

Cette nouvelle force n'est pas équilibrée par une friction poussant de l'autre côté (parce que vous êtes captivé par mes explications et que vous avez lâché le volant).

Il y a désormais une force résultante agissant sur la voiture, qui change alors de direction. Elle coupe les différentes voies de l'autoroute, et une douzaine de voitures doivent faire un écart, ce qui rend furieux leurs conducteurs.

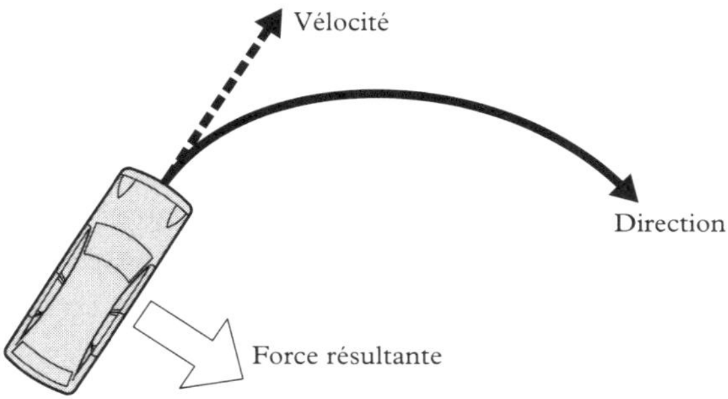

Pour expliquer ce phénomène, nous utilisons en physique le terme de vélocité, plutôt que celui de vitesse. La vélocité est une quantité vectorielle : comme une force, elle a une magnitude[1] (la vitesse de la voiture) et une direction (en ce moment, elle traverse très dangereusement les voies de l'autoroute). Nous avons tendance à considérer que l'accélération est le fait d'aller plus vite, mais en physique, cela concerne n'importe quelle modification de la vélocité. Ainsi donc, un changement de direction est considéré comme une accélération.

1. La magnitude est seulement une coquetterie de physiciens pour dire « taille ».

Par exemple, pour faire avancer un objet dans un cercle à une vitesse constante, vous aurez besoin d'une force centripète : une force qui change continuellement de direction et qui agit toujours vers le centre du cercle. Vous trouvez cela compliqué ? Pourtant, ça ne l'est pas. Faites tourner un lasso autour de votre tête. La corde subira une force vers le centre du cercle (votre main) et gardera ce mouvement circulaire (jusqu'à ce que vous lâchiez la corde et que, ne subissant plus de force résultante, elle s'arrête de tourner). De la même manière, la gravité, qui agit toujours vers le centre d'un objet, fait que les planètes tournent continuellement autour du Soleil une vitesse constante. Heureusement, votre voiture ne fait pas des demi-tours sur l'autoroute, mais, puisque vos sièges créent une force sur vous et vos passagers alors que la voiture coupe les différentes voies, plutôt que de continuer à avancer à 30 mètres par seconde, vous restez tous à l'intérieur et vous tournez avec elle...

Attention ! Vous allez percuter un bus !

Penser au temps

NOUS SOMMES TOUS TELLEMENT HABITUÉS à rouler sur l'autoroute que nous ne faisons pas réellement attention à la vitesse à laquelle nous voyageons. Les autoroutes sont construites pour que nous puissions y rouler vite : il n'y a pas grand-chose pour nous déconcentrer, les virages sont longs et se prennent en douceur, ce qui nous permet de voir loin devant et de continuer à accélérer, sans compter que les panneaux de signalisation nous préviennent du moindre imprévu.

Si vous roulez à 30 m/s (108 km/h, souvenez-vous) en ville, vous vous rendrez compte de la vitesse à laquelle vous roulez sur l'autoroute. Mais évitez de le faire tout de même. Il est plus prudent de regarder simplement le tableau ci-dessous.

Vitesse de la lumière	300 000 000 m/s
Vitesse du son	300 m/s
Voiture sur l'autoroute	30 m/s
Un joggeur	3 m/s
Un bébé à quatre pattes	0,3 m/s
Un escargot	0,03 m/s

Penser à la vitesse de votre voiture selon des unités de mesure peu familières vous aide à la comprendre. Chaque seconde, votre voiture parcourt 30 mètres. Souvenez-vous, 30 grands pas. Chaque seconde.

Lorsque vous regardez les choses sous cet angle, il n'est pas surprenant de savoir que même un conducteur très concentré peut parcourir 45 mètres avant d'appuyer sur la pédale de frein après avoir remarqué un vieux bus roulant très lentement sur la voie de droite. C'est parce qu'il faut en moyenne une seconde et demie pour réaliser qu'il s'agit d'un bus qui roule lentement, que nous sommes en train de lui foncer dessus, qu'il faut appuyer sur la pédale de frein, avant de réellement freiner. Et je vous parle d'un conducteur concentré ! Si vous êtes en train de réfléchir à des problèmes de physique, cela vous prendra encore plus de temps.

Le résultat ? Aucun. Nous sommes tous pressés. Mais si nous étions un peu plus raisonnables, nous serions terrifiés chaque fois que nous montons en voiture. En particulier, si l'on se rend compte que nous n'avons jusque-là que parlé de distance

S'arrêter

VOUS APPUYEZ SUR LE FREIN ? BIEN. Mais vous ne freinez pas très vite, n'est-ce pas ? Tout s'explique : je vous avais dit que la voiture était pleine de bagages et que tous les sièges étaient occupés par les membres de votre famille. N'avez-vous pas remarqué en sortant de la ville que des escargots vous avaient doublés ? Comme nous avons commencé à le voir plus tôt, une force plus grande provoque une accélération sur un objet donné. La relation est proportionnelle. Doublez la force, et vous doublerez l'accélération (ou si vous appuyez sur les freins, la décélération). Mais que se passe-t-il si vous utilisez plusieurs objets ? Vous découvrirez que les objets plus lourds accélèrent plus lentement. Doublez la masse (la masse est un peu comme le poids – nous le verrons dans un moment) et vous *diminuez de moitié* l'accélération.

LA DEUXIÈME LOI DE NEWTON

C'est la deuxième loi du mouvement de Newton. Les physiciens la résument généralement par :

La force est égale à l'accélération multipliée par la masse

ou

$$F = ma$$

(*ma* n'a rien à voir avec une chose vous appartenant, c'est simplement l'abréviation de *masse fois accélération.*)

Ajouter quelques nombres à l'équation devrait rendre moins complexe la relation entre ces trois quantités. Si nos freins essayent de ralentir la voiture avec une force de 7200 newtons, et que notre voiture a une masse de 1200 kilos (soit le poids moyen d'une voiture vide), notre décélération sera de 6 mètres par seconde parce que :

$$7200\ N = 1200\ kg \times 6\ m/s^2$$

Mais si l'on ajoute quatre adultes et leurs bagages (soit 400 kg de plus), on obtient :

$$7200\ N = 1600\ kg \times 4{,}5 m/s^2$$

Notre décélération n'est alors plus que de 4,5 mètres par seconde. Nous ralentissons beaucoup moins vite.

Les physiciens aiment travailler avec des nombres et des équations mathématiques parce que :

a) cela les aide à obtenir des réponses utiles et à s'exprimer de manière plus rapide et plus facile qu'avec des mots ;

b) parce que cela nous effraye, nous, pauvres mortels.

Mais apprendre les équations n'est pas la même chose qu'apprendre la physique. Si vous trouvez que $F = ma$ sonne comme du grec ancien, ne vous inquiétez pas, vous pouvez quand même comprendre les forces et la façon dont les objets se déplacent. Vous ne faites simplement pas la différence entre a et α.

Perdre du poids : escalader une montagne

F = MA EST AUSSI L'ÉQUATION qui affirme que vous pouvez sauter plus haut sur la Lune que sur Terre, bien que dans ce cas nous devions remplacer le *a* par un *g* qui réfère, vous l'avez certainement deviné, à la gravité.

Ainsi, la force gravitationnelle est donnée par :

$$F = mg$$

Votre masse (*m*) est constante, que vous soyez sur la Terre ou sur la Lune, parce qu'elle mesure la somme totale des éléments qui vous constituent. La masse est mesurée en kilogrammes, ce qui est l'unité de mesure du poids la plus utilisée sur Terre. Mais pour les physiciens, le poids est une force. C'est la force (*F*, dans l'équation) causée par ce que les physiciens appellent l'accélération due à la gravité (qui est d'environ 9,8 m/s^2 à la surface de la Terre). C'est ce qui vous cloue au sol, qui presse le ressort de votre pèse-personne et fait tourner l'aiguille jusqu'à un chiffre qui parfois vous fait dresser les cheveux sur la tête...

Peu importe. La solution est à portée de main. Vous pouvez toujours partir en voyage sur la Lune, où *g* est plus basse, ainsi que votre poids, ce qui explique pourquoi vous êtes capable de sauter aussi haut.

L'autre possibilité est d'escalader une montagne. Pourquoi ? Parce que la gravité n'est pas la même partout sur Terre. Newton a démontré que la force gravitationnelle décroît lorsque vous vous éloignez du centre d'un objet : elle décroît selon le carré de la distance. Ainsi si vous allez deux fois plus loin que le centre de la Terre, la force due à la gravité n'est plus que le quart de ce qu'elle était. Au sommet de l'Everest, vous êtes moins lourd que si vous étiez au bord de l'eau – environ 220 grammes de moins pour un adulte de taille moyenne ! Et la marche jusqu'au sommet ne peut pas vous faire de mal, du moins si vous ne faites pas une chute mortelle, ou si vous n'êtes pas sujet au mal aigu des montagnes, ou si vous ne perdez pas vos doigts à cause des engelures.

Tous égaux (et opposés)

DONC, OÙ EN ÉTIONS-NOUS ? Garés sur la bande d'arrêt d'urgence ? Bien, nous sommes en sécurité. Maintenant, respirez profondément. Détendez-vous. Oh ! et dites aux petits sur la banquette arrière d'arrêter de pleurer. Personne n'est blessé ? Tout le monde est en sécurité maintenant. Et heureusement, la troisième loi de Newton est là pour s'en assurer.

La troisième loi de Newton

Elle dit :

Tout corps A exerçant une force sur un corps B subit une force d'intensité égale, de même direction, mais de sens opposé, exercée par le corps B.

Vous voyez, les forces aiment bien s'amuser en couple.

Vous vous souvenez de la gravité ? Elle attire la voiture vers le centre de la Terre. Et la force égale et opposée ? Elle attire la Terre vers le centre de la voiture ! Bien entendu, la masse de la Terre est 5×10^{21} (c'est un 5 suivi de 21 zéros) fois plus grande que celle de la voiture, et les effets sur la Terre sont insignifiants.

Voici un autre exemple de cette troisième loi. Rappelez-vous : nous avons freiné fortement pour éviter ce bus qui roulait trop doucement. La friction sur les freins applique une force de 7200 N pour ralentir la voiture, et donc la friction sur la route produit une force de 7200 N pour arrêter notre dérapage. Et la force égale et opposée ? C'est une force de 7200 N agissant dans la direction opposée sur cette petite surface de la Terre appelée autoroute. L'autre corps impliqué dans cette réciprocité des forces est à nouveau la Terre et, bien que ses effets soient encore insignifiants à cause de la trop grande masse de la planète, notre freinage a en réalité un impact sur sa rotation.

Bref, assez parlé de ces expériences pleines de dangers mortels. Nous devons à présent économiser notre énergie pour parler d'un sujet beaucoup plus important, et c'est – l'avez-vous deviné ? – l'énergie.

3

Énergie et puissance

Dans ce chapitre, nous nous pencherons sur toutes les formes d'énergie : celle que créent (parce qu'ils se trouvent à un certain endroit ou de par leur constitution) les objets en se déplaçant. Nous aborderons aussi le sujet de la puissance et de l'utilisation de cette énergie. Et enfin, nous assemblerons le tout et découvrirons comment la physique de l'énergie peuvent nous sauver d'une fin du monde apocalyptique.

L'énergie n'aime pas se reposer. Ce qui n'est pas très surprenant, étant donné qu'elle est si... énergique. L'énergie est toujours présente partout ; elle est constamment en action ; elle ne cesse jamais de se transformer en quelque chose de nouveau. Elle est un peu comme le jet-setter le plus branché des cinq continents.

En plus de nous pousser vers l'asphalte des autoroutes et de nous attirer vers des expériences scientifiques, l'énergie nous permet de garder notre température, de cultiver notre nourriture, et elle nous aide à voir. C'est elle qui nous réveille le matin et prépare le petit-déjeuner.

Toute notre énergie vient, originellement, du Soleil. Le Soleil est une énorme et perpétuelle explosion nucléaire qui déverse son énergie sur notre planète à des doses incroyables.

Un tiers de cette énergie qui est propulsée vers nous est directement renvoyé en dehors de l'atmosphère terrestre et des nuages, et retourne dans l'espace, mais la Terre absorbe plus d'énergie provenant du Soleil en *une heure* que les humains en brûlent *en dix mois*.

Ainsi, le Soleil nous réchauffe, nous et notre planète (l'énergie qu'il nous envoie devient alors de l'énergie thermique).

Ce phénomène fait pousser les plantes, qui transforment l'énergie solaire en énergie chimique grâce à la photosynthèse.

Nous mangeons ces plantes, transformant leur énergie chimique en une foule d'autres énergies, comme l'énergie cinétique (que nous développons parce que nous bougeons), lorsque nous sortons du lit par exemple, ou encore l'énergie sonore, lorsque nous crions à la personne qui occupe la salle de bains de se dépêcher.

L'énergie solaire évapore l'eau de la mer et la transforme en nuages ; elle génère également les courants d'air qui se transforment en vent.

Certaines plantes, qui étaient nourries par le Soleil plusieurs millions d'années auparavant, se sont transformées en charbon et en pétrole.

Nous les extrayons et les brûlons ; ils nous réchauffent et éclairent notre chemin lorsque le Soleil se cache derrière les nuages ou de l'autre côté de la planète.

Ou nous les brûlons pour qu'ils nous amènent en voyage, alimentant les avions que nous empruntons pour nous rendre là où le Soleil brille encore.

Compter les calories

SI VOUS ÊTES AU RÉGIME, vous comptez les calories[1], mais si vous êtes un physicien, vous mesurez l'énergie en joules.

1 calorie = 4184 joules

Les joules tirent leur nom de James Joule, un riche brasseur de Manchester, qui était fasciné par l'électricité. Enfant, il faisait des expérimentations sur son frère et les domestiques de sa famille en leur administrant des électrochocs.

Mais dans les années 1840, alors qu'il était devenu adulte, il a permis de faire de grandes avancées en se demandant comment utiliser le tout nouveau moteur électrique dans sa brasserie, en lieu et place de ses vieilles machines à vapeur.

Il réalisa alors de nombreuses et très intéressantes découvertes sur la façon dont l'électricité et l'énergie mécanique pouvaient être transformées en chaleur.

Au final, il a été décidé qu'un joule serait la quantité d'énergie dépensée par une force d'un newton pour qu'elle puisse déplacer un objet sur un mètre de distance. (Ils ont essayé de faire dans la simplicité, n'est-ce pas ?)

Ainsi, dans la vie quotidienne, un joule est l'énergie qu'il faut pour soulever une petite pomme à un mètre de hauteur. Ou c'est l'énergie cinétique d'une balle de tennis lancée doucement au-dessus du filet. Mais il y a environ 720 000 joules d'énergie alimentaire (hydrates de carbone et alcool) dans une pinte de bière, ce qui explique pourquoi vous allez devoir faire quelque chose de plus vigoureux que de soulever des pommes si vous voulez faire disparaître vos poignées d'amour.

---

1. Les calories que vous comptez pour vos repas sont des kilocalories (souvent indiquées sur les emballages alimentaires par le symbole kcal ou, plus confusément, par calories, avec le symbole *cal*. Une kilocalorie est la quantité d'énergie dont vous avez besoin pour augmenter la température d'un kilogramme d'eau d'un degré Celsius.

LA CONSERVATION DE L'ÉNERGIE

Les recherches de Joule sur la conversion de l'énergie ont amené à la découverte de la loi de conservation de l'énergie, l'une des plus importantes lois de base de toute la physique. Une fois que vous savez que cette énergie est transformée en une autre, des mesures précises peuvent montrer qu'elle est entièrement convertie. Elle n'est jamais créée ou détruite. Puis vous obtenez une loi très importante : la première loi de la thermodynamique. Elle dit :

La quantité totale d'énergie dans un système fermé reste constante.

Ainsi, notre univers, le plus grand système fermé que nous connaissons, possède la même quantité d'énergie qu'il avait quelques instants après avoir vu le jour. Et lorsque monsieur Joule a attribué à la pomme un joule d'énergie potentielle (de hauteur) en la soulevant, toute cette énergie devient de l'énergie cinétique lorsque le fruit tombe, et elle se transforme en énergie thermique et sonore (boum !) lorsqu'il touche le sol.

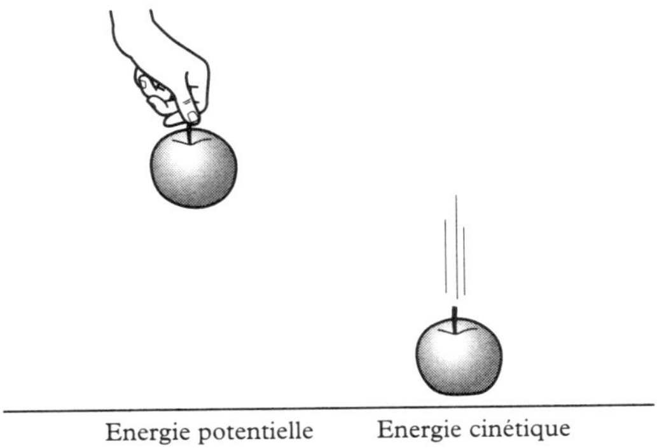

Quel gâchis !

NÉANMOINS, CONVERTIR DE L'ÉNERGIE n'est pas si simple. Des expériences modernes sur des rameurs ont montré que pour cinq joules d'énergie brûlés, un seul joule environ est en réalité utilisé pour faire bouger leurs rames.

Le reste se transforme en chaleur, par la transpiration, et est également dépensé en jurons et autres grimaces de douleur pour les caméras de télévision.

Et ce ne sont pas seulement les médaillés olympiques qui gaspillent de l'énergie. Quelque chose de similaire s'applique lorsque nous brûlons des calories alimentaires.

Tel un gentleman de l'époque victorienne, monsieur Joule pouvait certainement soulever une pomme sans jurer, mais il perdait lui aussi quatre joules d'énergie en accomplissant ce geste.

La plupart des conversions d'énergie sont, comme celle de monsieur Joule, très inefficaces.

Même les ampoules modernes, à très faible consommation d'énergie, ne transforment que la moitié de l'énergie qu'elles consomment en lumière. Le reste est perdu en chaleur.

Dans les anciennes ampoules, seulement 10 % de l'énergie est transformée en lumière, tandis que le reste chauffe la pièce. Mais même ce résultat est plutôt efficace comparé à d'autres conversions d'énergie.

On a calculé, par exemple, que pour produire chaque joule d'énergie que contient une pinte de bière produite par monsieur Joule, il a fallu utiliser au moins 10 000 joules d'énergie.

Cette énergie est utilisée principalement sous forme de lumière du Soleil, pour cultiver l'orge et le houblon, et en chaleur aux différentes étapes de fabrication de la bière.

LA DÉFINITION DU TRAVAIL

Lorsque monsieur Joule attrapait cette pomme, il travaillait. Ce n'était pas le bagne, j'en conviens, mais certains physiciens appelleraient cela du travail. C'est principalement parce que, en physique, le travail est défini comme « le transfert d'énergie pendant un processus ».

Lorsque cette pomme est soulevée, elle obtient un joule d'énergie. Nous savons cela parce qu'elle a un poids d'un newton (il faut donc une force d'un newton pour la soulever) et parce que nous savons qu'elle a bougé d'un mètre, que *le travail fourni (ou l'énergie gagnée) équivaut à la force multipliée par la distance parcourue dans la direction de cette force.*

Si nous laissons tomber la pomme, cette énergie est à nouveau transférée : la gravité fournit le travail pour accélérer sa chute jusqu'au sol.

Watts et travail

IL N'Y A RIEN D'IMPRESSIONNANT à ce que monsieur Joule puisse soulever une pomme à une hauteur ridicule d'un mètre. Mais s'il pouvait soulever cette pomme rapidement ?

Et s'il soulevait une pomme chaque seconde, soit 60 pommes par minute et 3600 pommes par heure ? Il fournirait un joule de travail par seconde, ce qui signifie qu'il produirait une puissance d'un watt, tout simplement parce que c'est de cette façon que l'on définit le watt.

Le watt (W), qui est l'unité avec laquelle nous mesurons la puissance, ou la vitesse à laquelle quelque chose travaille, tient son nom de James Watt, un inventeur écossais dont les modifications apportées à la machine à vapeur dans les années 1700 en ont fait l'instrument principal de la révolution industrielle.

Quelques puissances en watts

Usine à fuel	production	1000000000
Le parc éolien de Bryn Titli et ses 22 turbines un jour de grand vent	production	10 000 000
Camion	consommation	100 000
Petit chauffe-eau	consommation	10 000
Petit radiateur électrique	consommation	1000
Ampoule conventionnelle	consommation	100
Lampe de poche	consommation	10
Monsieur Joule, porteur de pomme	production	1

Nous avons plus d'énergie en hauteur

COMME VOUS AVEZ PU LE CONSTATER à partir de l'exemple de la pomme, plus un objet est haut, plus son énergie gravitationnelle potentielle est élevée. Cela s'applique également à vous. Plus vous allez haut, plus grande est votre énergie potentielle. En réalité, votre énergie potentielle est directement proportionnelle à la distance qui vous sépare du sol.

Si vous êtes à une hauteur de huit étages dans une montgolfière, vous avez huit fois plus d'énergie que si vous n'étiez qu'au premier étage de votre maison. La quantité d'énergie potentielle dépend également de votre poids. Si vous êtes plus lourd, vous ne tomberez pas plus vite, mais vous ferez beaucoup plus de bruit lorsque vous vous écraserez au sol.

Vous pouvez expérimenter cela mentalement. Vous savez déjà que, si vous laissez tomber, de manière complètement irresponsable, deux pommes attachées l'une à l'autre par un bout de ficelle, elles ne tomberont pas plus vite qu'une seule pomme. Mais, comparées à une pomme, ces deux pommes produiront deux fois plus de dégât et feront deux fois plus de bruit lorsque leur énergie potentielle, après être devenue une énergie de mouvement (cinétique) en tombant, se transformera en énergie d'écrasement lorsqu'elles toucheront le sol et exploseront, aspergeant de jus de pomme les passants paniqués. La loi de conservation de l'énergie indique que l'énergie d'écrasement doit venir de quelque part, et donc de leur énergie potentielle, qui est devenue ensuite l'énergie cinétique.

Il est clair que l'énergie gravitationnelle potentielle d'un objet est directement proportionnelle à son poids (huit pommes ont huit fois plus d'énergie potentielle qu'une seule, et elles lâcheront huit fois plus d'énergie d'écrasement lorsqu'elles exploseront sur le sol). C'est le poids qui est important ici, pas la masse. Sur la Lune, avec un sixième de la gravité de la Terre, ces pommes tomberaient plus lentement et s'écraseraient moins violemment. De combien est cette différence ? Nous ne pouvons pas, malheureusement, le mesurer. L'expérience mentale s'arrête ici, car aucun spationaute des missions *Apollo* n'a jamais jeté de pommes par le hublot du module lunaire.

La loi de conservation de l'énergie s'applique à cette expérience parce que nos pommes jetées forment presque un système fermé. Seule une petite quantité d'énergie est perdue à cause de la résistance à l'air. À un tel point que, lorsque les pommes sont seulement à quelques millimètres du sol, et juste avant qu'elles ne s'écrasent, elles ont perdu toute leur énergie potentielle : celle-ci s'est complètement transformée en énergie cinétique. Une milliseconde plus tard, toute l'énergie cinétique est devenue énergie d'écrasement.

Mais chercher l'énergie cinétique de pommes jetées n'est pas très utile. Qu'en est-il alors de l'énergie cinétique d'une voiture en pleine accélération ?

Les équations des accidents de voiture

LORSQUE VOUS CONDUISEZ et que vous freinez brusquement pour éviter un bus qui roule au ralenti, vos freins travaillent (au sens physique) pour ralentir votre véhicule.

Bien sûr, si vous étiez attentif à ce moment-là, vous vous seriez souvenu de toutes les distances de freinage que vous avez dû apprendre pour obtenir votre permis de conduire, vous auriez laissé une plus grande distance devant votre voiture, et vous n'auriez pas eu besoin de freiner si brusquement. Revoyons tout cela maintenant[1].

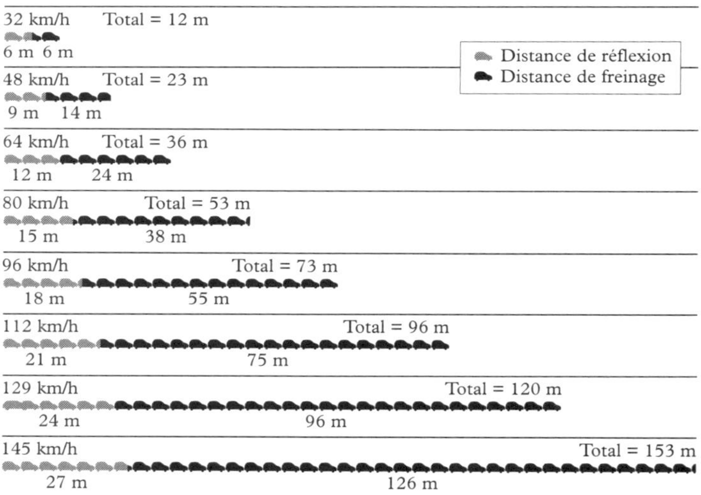

1. Le tableau ci-dessus est un document publié par le ministère des Transports du Royaume-Uni, ce qui explique pourquoi les vitesses données en kilomètres par heure semblent arbitraires. Elles ont été en réalité converties à partir des vitesses exprimées originellement en miles. Il est aussi important de noter que ce tableau donne une distance de réflexion bien plus courte que celle que nous avons donnée. Ceci s'explique par le fait que le département anglais a pris comme référence le temps de réaction de 0,7 seconde, plutôt que le temps de 1,5 seconde généralement utilisé par les tests modernes, qui prennent en compte le temps de réflexion *et* de réaction.

Alors, que se passe-t-il ? Si vous doublez votre vitesse, de 32 à 64 km/h par exemple, votre distance de freinage est quadruplée (de 6 m à 24 m). Doublez votre vitesse et vous quadruplerez votre distance de freinage. Triplez-la (de 48 à 145 km/h) et votre distance de freinage sera multipliée par *neuf* ! C'est sans aucun doute l'un des facteurs qui font que la vitesse est si dangereuse. Mais pourquoi cela se passe-t-il ainsi ?

L'énergie cinétique est la réponse : mais il faut en savoir un peu plus sur la friction, cette force qui fait travailler vos freins. (Et c'est à peine s'ils travaillent. Imaginez si vous foncez droit sur un bus ou, pire, un mur de briques. La bonne nouvelle, c'est que vous n'avez pas besoin de l'imaginer : nous allons en parler maintenant.)

S'agripper

LA FRICTION EST LA FORCE causée par la résistance de deux surfaces qui frottent l'une sur l'autre. Sans la friction, nous glisserions tous comme si nous voulions traverser une patinoire sans patins à glace.

Les scientifiques pensaient auparavant que la friction était causée par les bosses et autres aspérités des surfaces lorsqu'elles s'entrechoquaient. Mais il semble que la friction soit principalement due à la liaison chimique entre des surfaces en mouvement : cela ressemblerait plus à une bande de papier adhésif traînée sur une surface qu'à du papier de verre.

Dans tous les cas, la friction génère de l'énergie de mouvement qui se transforme en chaleur et en énergie sonore, proche du grincement. Ou, comme un physicien pourrait le dire, la chaleur et le son provoquent la force frictionnelle (parce que le transfert de l'énergie à partir du mouvement est ce qui crée la force). Cela vous paraît confus ? Ne vous inquiétez pas, les scientifiques éprouvent le même sentiment. Il y a encore beaucoup de choses à apprendre sur la friction.

Mais nous pouvons tous admettre que la friction est plus importante lorsque deux surfaces sont frottées fortement l'une contre l'autre, ce qui veut dire que les objets lourds provoquent une plus grande friction : il est beaucoup plus simple de faire glisser votre chaise de bureau que votre grand canapé en cuir.

La friction dépend également des types de surface. Ce n'est pas par souci esthétique que nous portons des chaussures aux semelles en caoutchouc plutôt que des chaussures de ville en cuir sur un court de squash : nous portons des chaussures de sport parce qu'elles accrochent plus au sol.

La grande glissade

Il y a deux types de friction : statique et dynamique. La friction statique est la force que vous sentez lorsque vous marchez prudemment sur un sol glissant.

Il y a beaucoup d'adhérence : du moment que vous continuez à marcher prudemment, vos pieds ne glisseront pas.

Mais dès qu'ils se mettent à glisser, et plus la force de friction dynamique baissera, plus vite vous vous retrouverez sur les fesses. C'est une des raisons pour lesquelles les voitures sont équipées d'un système de frein antiblocage (ou ABS).

Il a été conçu pour que vos freins se relâchent avant que vos roues ne glissent sur la route et que la friction dynamique, plus basse, rende sa direction incontrôlable.

Tout ce qui vient se loger entre les surfaces affecte la friction. Par exemple, les fluides, comme l'huile ou l'eau, réduisent la friction en tenant à distance les surfaces. C'est très pratique pour le moteur de votre voiture (cela permet de ne pas perdre de l'énergie lorsque votre vilebrequin tourne), mais c'est dangereux lorsque la route est mouillée ou huileuse.

Dans tous les cas, le travail que fournissent les freins convertit, selon la loi de conservation de l'énergie, toute l'énergie cinétique de la voiture en chaleur grâce à la friction des plaquettes sur les disques de frein.

Pour une voiture qui roule à vive allure sur l'autoroute et qui freine brusquement, cela fait beaucoup d'énergie à convertir. Pendant ce brusque freinage, chaque frein crée de la chaleur avec une puissance comparable à celle d'un petit radiateur électrique, et si vous appuyez sur la pédale de frein trop brusquement plusieurs fois de suite, cette chaleur peut devenir de plus en plus forte, jusqu'à endommager complètement votre système de freinage (ce qui explique pourquoi les panneaux de signalisation situés avant une forte pente vous conseillent d'utiliser votre frein moteur et de rouler plus doucement).

Maintenant, entrons dans le vif du sujet. Nous savons désormais que toute l'énergie cinétique de notre voiture a été transformée en chaleur suite à l'action des freins pour la ralentir. Nous savons aussi, grâce à l'équation sur le « travail » que nous avons vu plus haut, comment calculer cette énergie : elle est donnée par la force de freinage multipliée par la distance parcourue. Et nous savons également quelque chose d'essentiel sur cette distance de freinage : elle quadruple lorsque votre voiture va deux fois plus vite. Ainsi, l'énergie cinétique de votre voiture doit-elle aussi quadrupler si vous allez deux fois plus vite. L'énergie cinétique de votre voiture doit par conséquent être proportionnelle au carré de sa vitesse.

L'ÉQUATION DE L'ÉNERGIE CINÉTIQUE

Dans les années 1700, avant qu'il n'y ait des voitures et des freins pour les ralentir, un scientifique hollandais du nom de Willem Jacob's Gravesande réalisa une expérience au cours de laquelle il lâcha des billes de cuivre depuis différentes hauteurs (afin de faire varier la vitesse d'impact) sur des bosses d'argile molle. Il mit ainsi en évidence que la profondeur de l'empreinte laissée dans l'argile était proportionnelle au carré de la vitesse : une bille lâchée à une vitesse deux fois supérieure de celle d'une autre bille laisserait ainsi une empreinte d'impact quatre fois plus profonde ; et si elle était tombait trois fois plus rapidement, son empreinte serait neuf fois plus profonde.

De cette expérience, on tira l'équation suivante :

Énergie cinétique = la moitié de la masse d'un objet multipliée par le carré de la vitesse de cet objet, ou, en équation mathématique :

$$E_c = \frac{1}{2} mv^2$$

E_c est l'énergie cinétique (exprimée en joules), m est la masse de l'objet (en kilogrammes) et v est sa vélocité (en mètres par seconde). Le ½ est la constante indispensable pour que les unités s'accordent.

Remarquez-vous comment *v*, la vitesse (ou la vélocité) d'un objet, est mise au carré, ce qui signifie que si l'on double la vitesse on obtient une énergie quatre fois plus importante ? Et si vous êtes vraiment doué en mathématiques, vous pouvez dériver cette formule à partir de l'équation du travail (*F* multiplié par *d*). Intéressant, non ?

Il y a quelque chose de fascinant avec les mathématiques, mises en relation avec la façon dont fonctionne notre univers, et lorsque l'on applique l'intelligence mathématique à notre équation du travail (la force multipliée par la distance), l'on obtient l'équation de l'énergie cinétique. C'est le début de la coopération entre les mathématiques et la physique.

Il y a mieux encore : maintenant que nous avons établi l'équation, vous n'avez plus besoin de vous référer aux données publiées par le gouvernement pour connaître les temps de freinage. Tout ce qu'il vous suffit de faire est de réaliser une expérience dans un parking vide.

Mesurez votre vitesse de freinage à 32 km/h. Ainsi, vous pourrez rapidement remplir votre tableau personnel. Si vous doublez votre vitesse, à 64 km/h, votre distance de freinage quadruplera. Si vous la multipliez par 3,5, c'est-à-dire si vous roulez à 113 km/h, votre distance de freinage devrait être multipliée par $3{,}5^2$, en d'autres termes 12,25 fois plus longue.

Attention aux enfants

Les statistiques officielles nous expliquent aussi que, 4 fois sur 5, un enfant renversé par une voiture roulant à 64 km/h sera mortellement blessé. Mais si la voiture qui renverse cet enfant roule à 48 km/h, 4 fois sur 5, l'enfant survivra.

Les conducteurs qui n'aiment pas les radars automatiques et les ralentisseurs mettent en doute ces données.

Comment peut-on connaître, demandent-ils, la vitesse exacte d'une voiture qui renverse un enfant alors que celui-ci surgit au milieu de la chaussée. Il est évident que personne n'a envoyé des enfants au milieu de la route devant des voitures roulant à des vitesses différentes pour compter combien d'entre eux ont survécu.

Le héros des crash-tests

C'est horrible d'écraser un enfant ; mais rentrer dans une autre voiture - bien que cela soit dangereux, bruyant et particulièrement coûteux - peut-être très amusant. C'est pourquoi nous aimons tant les autos tamponneuses – et pourquoi aussi certaines personnes ont un intérêt malsain pour les accidents de la route.

À partir des années 1940, le Dr John Stapp, un officier de l'US Air Force, a réalisé de nombreuses recherches sur les forces que pouvaient supporter les corps humains en devenant lui-même mannequin de crash-test et en se jetant, à bord d'un engin propulsé par une fusée, dans un mur. De cette façon, il a réussi à prouver que le corps humain peut supporter des accélérations 40 fois supérieures à la gravité – qui ne duraient qu'une fraction de seconde (0,05).

Stapp jouait le rôle de mannequin, mais il était assez raisonnable pour porter une ceinture de sécurité. Et bien que ces accidents lui aient occasionné de nombreuses fractures et aient affecté ses facultés ophtalmiques (parce que sa rétine commençait à se détacher), il réussit à survivre et découvrit de nombreuses informations utiles qui ont aidé d'autres ingénieurs à réaliser les sièges éjectables des avions et les ceintures de sécurité des voitures.

Plus tard, il fit campagne pour que les ceintures de sécurité soient directement intégrées aux voitures construites aux États-Unis. (Il donna même naissance à une loi qui porte son nom : « L'aptitude universelle pour l'incompétence fait de chaque accomplissement humain un incroyable miracle. » Cette loi essaye d'expliquer pourquoi tant de gens n'utilisaient et n'utilisent toujours pas ces ceintures de sécurité, pour lesquelles il a consacré sa vie.

Même si vous êtes sceptique face aux données officielles, aux relevés de traces de freinage, aux expériences réalisées avec des cadavres d'humains ou d'animaux, ou aux témoignages d'enfants handicapés qui ont été heurtés violemment par des chauffards irresponsables, les physiciens devraient vous convaincre de rouler plus doucement. Premièrement, il y a ces chiffres donnés précédemment sur les distances parcourues lorsque l'on réfléchit et les distances de freinage.

À 48 km/h, si un enfant se tient à 25 mètres devant vous, vous le percuterez à 30 km/h. À 64 km/h, vous serez sur lui à une vitesse deux fois plus grande, soit à 61 km/h.

Vous pouvez également vous référer aux forces du corps de l'enfant. Disons qu'il est renversé par une voiture et poussé sur le bas-côté de la route. Cela signifie qu'il a accéléré très rapidement, à la même vitesse que la voiture (étant donné que percuter un enfant de 20 kilos avec une voiture de 1200 kilos ne ralentit pas tellement la voiture).

Mais nous savons grâce à l'équation de l'énergie cinétique que la force d'accélération d'un objet est proportionnelle au carré de la vitesse. Ainsi, bien que notre voiture, qui roule à 64 km/h, se déplace 2 fois plus vite lorsqu'elle heurte l'enfant, la force qui agit sur lui est 4 fois plus importante. Et les corps humains sont très mous, comparés à la structure d'une voiture.

S'écraser en s'amusant

Nous avons donc vu l'importance des distances de freinage et des ceintures de sécurité. Mais en quoi peut encore nous servir la physique lorsqu'il s'agit de réfléchir à la sécurité des voitures et des humains, déterminés à s'écraser les uns contre les autres ? Imaginons que nous construisions une petite voiture très solide. Vous pouvez la lancer de plein fouet dans un mur de briques et elle n'aura que quelques égratignures. Néanmoins, si nous utilisons à nouveau les équations du travail et de l'énergie cinétique, il est clair que, lorsque vous emboutissez un mur, le fait que votre voiture se soit arrêtée très rapidement signifie que la force nécessaire pour la stopper - et vous également, puisque vous êtes à l'intérieur - est très importante.

Voyons cela avec des formules mathématiques.

À partir de l'équation de l'énergie cinétique, une personne imaginaire de 80 kilos, que l'on appellera Jean, qui s'est, pour des raisons inconnues, portée volontaire pour monter dans notre petite voiture, conduit à 96 k/m (27 m/s).

Et le résultat est le suivant :

$$\tfrac{1}{2}\, mv^2 = \tfrac{1}{2} \times 80 \times 27^2 = 29\,000 \text{ joules d'énergie cinétique}$$

Imaginons maintenant que Jean se lance de plein fouet contre un mur et que sa ceinture de sécurité se desserre assez pour lui permettre d'avancer de 10 cm (soit 0,1 m) avant de l'arrêter juste à temps et ainsi éviter que son crâne ne percute le volant de notre petite voiture.

Ainsi, la force nécessaire pour aspirer toute son énergie cinétique est donnée par la formule suivante :

KE (29 000 joules, dans ce cas précis) = F x d
(la force multipliée par la distance) = F x 0,1
Donc, F est égal à 290 000 N.

Pour un homme de 80 kilos, c'est une accélération 360 fois plus importante que la gravité.

Ce n'est pas bon du tout. La petite voiture de Jean devrait encore fonctionner, et son corps doit encore y être attaché, mais après une expérience d'une telle force, son cerveau a été réduit en bouillie lorsqu'il s'est fracassé contre la paroi de son crâne. Stapp était à peu près en forme après avoir subi une accélération 40 fois supérieure à la gravité ; un pilote de course appelé David Purley a survécu à un accident où l'accélération était 180 fois supérieure. Mais à 360 g (en d'autres termes, 360 fois la force de la gravité), vous n'avez aucune chance.

Pour survivre, vous devez vous arrêter sur une plus longue distance. C'est pourquoi les ingénieurs modernes ont ajouté à l'avant des voitures, pour ralentir cet effet, une zone de froissement d'un mètre de long : une surface qui est assez résistante pour atténuer l'impact d'un accident en se froissant.

L'énergie de la collision est convertie en chaleur et en son, ce qui étend la période d'arrêt de la voiture et réduit ainsi son impact sur votre corps. Ajoutez l'élasticité de votre ceinture de sécurité et vous avez 10 fois plus de temps pour vous arrêter que Jean (de 0,1 m à 1 m, puisque la zone de froissement se réduit de 100 cm à 10 cm pendant l'accident).

Maintenant, alors que la voiture est arrêtée, cette augmentation de 10 fois de la distance d'arrêt signifie que la force qui agit sur votre corps est réduite à un dixième ; l'accélération n'est plus par le fait même que d'un dixième également, soit seulement 36 fois la force de la gravité. Et le colonel Stapp a prouvé que vous pouvez y survivre.

Hourra ! Les chiffres correspondent. Vous pouvez prendre le volant. Mais conduisez prudemment.

Oh ! et n'oubliez pas d'attacher votre ceinture. Certes, votre volant et votre tableau de bord peuvent vous arrêter de manière très efficace, mais ils le font sur une distance d'un centimètre environ. C'est 10 fois plus rapide qu'avec une ceinture de sécurité : assez pour rendre fatal un accident à 48 km/h. Et assez pour que vous ne puissiez jamais comprendre les choses captivantes que nous allons voir dans le chapitre suivant.

4

Quantité de mouvement

Dans ce chapitre nous découvrirons la quantité de mouvement et l'inertie, et comment la physique nous montre que, une fois qu'un objet commence à se déplacer, ce mouvement ne s'arrête jamais. Puis, nous avancerons en cercle et découvrirons pourquoi les toupies et les gyroscopes sont soumis aux mêmes principes. Enfin, nous parlerons du torseur, cette force qui rend les voitures aux gros moteurs si amusantes.

Dans le film d'arts martiaux chinois *Tigre et Dragon*, les protagonistes défient les lois de la physique, avec de spectaculaires scènes de combat au cours desquelles ils flottent et volent. Dans une scène, la jeune et rebelle héroïne, Jen Yu, est attaquée alors qu'elle est en train de manger. Un jeune homme plutôt costaud court à sa rencontre, mais, sans se lever ou montrer une quelconque préparation, elle le bloque avec sa main gauche, et il rebondit sur elle. Pendant tout ce temps, elle continue de tenir une tasse de thé dans la main droite et n'en renverse pas la moindre goutte.

Son geste, bien que particulièrement impressionnant, est évidemment impossible. Mais pourquoi ? Son assaillant a simplement plus d'énergie cinétique après qu'elle l'a bloqué qu'avant. Comme il rebondit, l'énergie est conservée, comme cela devrait être effectivement le cas dans la réalité.

Pourtant, une loi de la physique n'a pas été respectée. Dans ces conditions, un boxeur poids mouche à l'esprit malin prendrait directement des leçons de self-défense auprès de Jen Yu et deviendrait champion du monde des poids lourds.

Il est clair, aussi, que les lois de l'énergie ne peuvent pas à elles seules démontrer pourquoi les prouesses de Jen Yu sont impossibles à réaliser dans le monde réel.

Pour commencer, l'énergie souffre d'un manque de sens de l'orientation – c'est une quantité scalaire, comme la masse et le volume. Elle possède une taille, et rien de plus, et elle ne peut pas expliquer pourquoi Jen n'a pas été propulsée en arrière (jusqu'à la province voisine).

Mais un manque d'orientation ne signifie pas que l'énergie est défaillante lorsqu'elle essaye de décrire un mouvement. Pour en savoir plus, faisons l'expérience avec un glacier : essayons de l'arrêter.

Tenir la glace

Un glacier est une accumulation massive de glace qui s'écoule très lentement sous l'effet de la gravité, et nous pouvons essayer de le repousser vers son point d'origine. Allez, poussez aussi fort que vous le pouvez. Aucune chance ? Et si vous faisiez appel à une flotte de chasse-neige ? C'est également sans espoir Même les montagnes et les rochers ne peuvent stopper un glacier : il fond sur tout ce qui l'entoure et se met en travers de son chemin, s'extrayant doucement des profondes et larges vallées par lesquelles il progresse. Les forces impliquées sont extraordinairement immenses.

Mais si nous suspendions une sorte de roue à aubes au-dessus du glacier et essayions de convertir son énergie cinétique en électricité, comme nous le faisons facilement avec une rivière ? Pouvons-nous utiliser l'énergie du glacier pour résoudre le problème de la crise énergétique ?

Poursuivons notre expérience et nous verrons bien. Disons que notre glacier est un bloc d'un kilomètre cube de glace.

Sa masse est approximativement de 10^{12} kg (1 suivi de 12 zéros) puisque l'eau pèse 1000 kg par mètre cube (ou 1 kg par litre). Et disons qu'il se déplace, comme le glacier Byrd en Antarctique, qui est le plus grand du monde, à une vitesse approchant 0,00001 m/s, son énergie cinétique ne serait donc que de 50 joules.

Convertissez cela en électricité et vous obtiendrez assez d'énergie pour faire briller une ampoule à basse consommation pendant quelques secondes.

Encore une fois, l'énergie seule ne nous permet pas de tout comprendre. L'avancée des glaciers est irrésistible, mais elle ne leur confère pas plus d'énergie qu'un étudiant en physique au petit matin après avoir abusé du breuvage de monsieur Joule.

Il nous faut faire appel, ici, à *la quantité de mouvement*.

N'arrêtez pas maintenant

NOUS POUVONS TOUS INTUITIVEMENT comprendre la quantité de mouvement : c'est la raison pour laquelle vous ne pouvez pas arrêter une voiture en lui donnant une pichenette. C'est la raison pour laquelle il est amusant de jouer au billard. Et, comme vous devez déjà vous en douter, c'est une loi de l'Univers qui rend la parade de Jen Yu totalement impossible.

L'hypothèse qu'un objet se déplace parce qu'il est animé par quelque chose à l'intérieur de lui remonte à la civilisation romaine. Mais il a fallu attendre les travaux de Newton pour que cette idée devienne concrète et vérifiable, mathématiquement parlant. Vous ne serez pas surpris d'apprendre que la quantité de mouvement est intimement liée aux trois lois universelles du mouvement de Newton, et plus particulièrement la troisième, comme nous allons le voir en décortiquant la faille relevée dans la parade de Jen Yu.

L'ÉQUATION DE LA QUANTITÉ DE MOUVEMENT

La quantité de mouvement (que les physiciens symbolisent par la lettre P) est calculée en multipliant la masse par la vélocité, ce qui donne la formule suivante :

$$P = mv$$

Ainsi, le glacier dont nous parlions plus haut possède une énorme quantité de mouvement, même s'il se déplace très lentement. (Sa quantité de mouvement, 10 000 000 kg m/s, est très importante : à peu près la même que celle d'un énorme semi-remorque transportant 300 voitures et roulant rapidement sur l'autoroute.)

La quantité de mouvement est la raison pour laquelle il faut 30 kilomètres aux pétroliers pour parvenir à s'arrêter. Étant donné qu'elle mesure une quantité de déplacement, elle est proportionnelle à la fois à la masse d'un objet et à sa vitesse.

Un chargement de billes

COMME LES PHYSICIENS, nous aimons simplifier les choses pour découvrir ce qui se passe réellement. Alors, au lieu d'essayer d'analyser directement les gestes de la combattante Jen Yu et de son assaillant très coopératif, nous pouvons recréer la scène avec des billes de billard. Mais même si nous souhaitons réaliser cette expérience sur une table de billard, nous allons utiliser les billes sur un billard *idéal* pour les physiciens : c'est-à-dire parfaitement lisse, régulier et immaculé. Encore une fois, les parfaites tables de billard ne courent pas les rues, et il vous faudra trouver un pub accueillant et confortable, vous commander à boire et vous installer pour faire un peu de physique.

Tout d'abord - pour tenir le rôle de Jen Yu, tranquillement en train de déjeuner -, choisissez une bille bleue. Puis faites entrer en scène - pour représenter l'assaillant – une bille rouge. (Nous n'allons pas utiliser de bille blanche puisque, sur la plupart des billards, elle est d'un poids et d'une taille différents des autres billes, ce qui rend les choses un peu moins idéales.)

Maintenant, la bille rouge frappe la bleue de plein fouet. Que se passe-t-il ? À moins que vous n'ayez tout loupé en plantant la pointe de votre queue dans le tapis, la bille rouge s'est arrêtée tandis que la bleue a commencé à rouler - exactement à la même vitesse et dans la même direction, de gauche à droite, que la bille bleue.

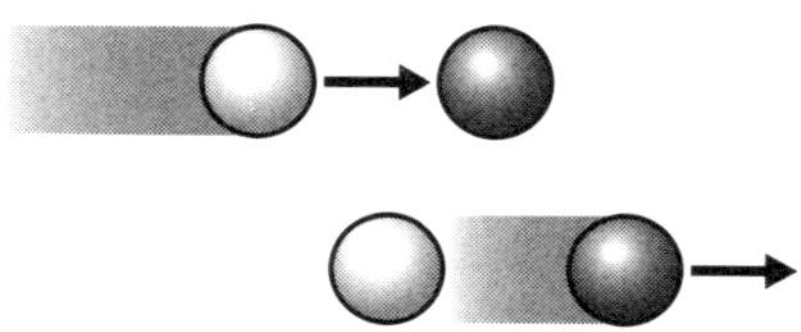

Comment la quantité de mouvement agit sur des billes de billards.

Essayez encore et encore. Essayez dans un autre pub et un autre. Le résultat sera toujours le même (aussi longtemps que la bille rouge percutera la bleue exactement au milieu).

Maintenant, vous comprenez. Encore une fois, l'énergie est conservée, mais maintenant, notre nouvelle mesure, la quantité de mouvement, l'est également. Toute l'énergie et toute la quantité de mouvement de notre billard se sont transférées de la bille rouge à la bille bleue.

La troisième loi de Newton – celle qui concerne les forces égales et opposées - a également été respectée. Lorsque les billes se sont entrechoquées, la rouge a poussé la bleue aussi fort que la bleue a poussé la rouge, et cette force a été suffisante pour arrêter la rouge et faire rouler la bleue.

La chose incroyable est que ce que vous venez de découvrir à propos de la quantité de mouvement, juste là, devant vous, sur le billard, est l'une des lois de l'Univers les plus basiques.

Tout juste

L'ÉNERGIE ET LA QUANTITÉ DE MOUVEMENT sont si importantes qu'elles sont citées dans un groupe de lois que les physiciens considèrent comme absolument, totalement, on ne peut plus sûres. Jusqu'à présent, ces lois n'ont jamais été infirmées.

Elles se sont appliquées dès la naissance de l'Univers, juste après le big bang. Et elles s'appliqueront pour toujours, jusqu'à la fin des temps.

Elles sont appelées lois exactes.

Les lois exactes sont toutes les lois de la conservation. Elles disent que la somme totale de certaines propriétés de l'Univers est toujours conservée, et que ces propriétés ne peuvent pas être créées ou détruites. (De manière plus pratique, pour ceux d'entre nous qui n'ont pas de pouvoirs divins, elles s'appliquent également à de petits systèmes fermés comme les tables de billard, si l'on n'est pas maladroit.)

Nous avons déjà parlé de la loi de conservation de l'énergie. Maintenant que nous avons terminé notre expérience avec les billes de billard, vous avez découvert par vous-même le principe de la quantité de mouvement qui s'énonce ainsi :

La quantité de mouvement totale dans
un système fermé reste constante.
Elle ne peut pas être créée ou détruite.

L'énergie et la quantité de mouvement sont toujours conservées tout simplement à cause de sa structure sous-jacente qui est la même, peu importe où vous vous rendez, et parce que le temps s'écoule en permanence, sans changer les lois de l'Univers.

Les autres lois exactes décrivent la conservation de propriétés *légèrement* plus complexes, comme la charge électrique, et des propriétés *beaucoup* plus complexes, comme la charge de couleur (rien à voir avec un pseudo-mouvement d'art contemporain), l'isospin faible (rien à voir avec le nom d'un détergent ou d'une lessive), et - heureusement pour les parieurs - les probabilités.

La conservation de la quantité de mouvement est utile aux pilotes de course, lorsqu'ils veulent prendre des virages à pleine vitesse, et aux joueurs de rugby, qui veulent écraser leurs adversaires. Elle est utile aux joueurs de billard et à ceux qui veulent décortiquer les scènes de combat des films d'arts martiaux.

De plus, comme nous l'avons vu dans le chapitre précédent sur l'énergie, la quantité de mouvement peut aussi être appliquée simplement et de façon amusante dans la physique de tous les jours, parce qu'il est plus facile d'utiliser le fait qu'elle n'est jamais créée ni détruite que de se retrouver en difficulté avec les lois du mouvement de Newton ainsi que toutes leurs forces sournoises et leurs accélérations.

Utiliser la quantité de mouvement

COMME VOUS L'AVEZ REMARQUÉ lorsque nous faisions gentiment rouler cette vilaine bille rouge sur la pauvre et bleue Jen Yu, il était assez compliqué de faire s'entrechoquer les billes de manière parfaitement droite. Conséquemment, la bille rouge s'arrêtait et la bille bleue roulait.

Souvent, la bille rouge, allant de gauche à droite, venait toucher la bille bleue sur un côté, et notre petite et plaisante expérimentation était fichue. Plutôt que de s'arrêter, la bille rouge continuait doucement à rouler vers le haut de la table de droite à gauche, tandis que la bleue partait avec un angle différent vers le bas, de gauche à droite.

Si vous y réfléchissez calmement, cette situation est plutôt simple[1]. Après tout, même un joueur de billard moyen connaît bien ce phénomène, et tout n'est, évidemment, qu'un autre résultat de la conservation de la quantité de mouvement. Observons cela d'un peu plus près, mais cette fois-ci, faisons un pari.

Si vous pouvez tracer sur la table une ligne parfaitement droite allant de gauche à droite et qui marquera la direction de la bille rouge, je vous parie que, peu importe à quelle distance de cette ligne (mesurée selon le bon angle à partir de celle-ci) la bleue terminera sa course, la bille rouge s'arrêtera à la même distance, mais de l'autre côté.

1. Les bons joueurs, néanmoins, rendent la physique un peu plus compliquée. Ils y ajoutent de l'effet : en partie parce qu'ils veulent nous rappeler à quel point l'esprit humain peut se montrer particulièrement brillant en physique, et en partie parce qu'ils peuvent placer la bille qu'ils tapent avec leur queue dans la bonne position pour leur coup suivant, ce qui n'est pas possible avec une quantité de mouvement toute droite.

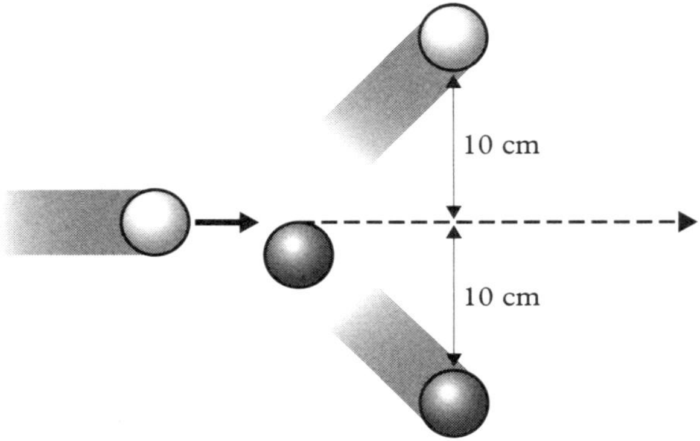

Lorsque les billes s'entrechoquent sur le côté

Vous avez essayé ? Cela a marché ? Bien sûr, et vous me devez 10 euros !

Retournons à notre physique. Ainsi, bien que les deux billes roulent selon des angles différents, et qu'elles aient parcouru des distances différentes de droite à gauche, à des vitesses différentes, si vous me dites que la rouge a fini sa course 10 cm au-dessus de la ligne, je vous dirai que la bleue a terminé 10 cm en dessous, et cela sans même mesurer ou regarder.

Pourquoi ? Parce que (vous l'avez deviné) la quantité de mouvement est conservée. De manière plus subtile, parce qu'elle est conservée *dans toutes les directions*.

Lorsque la bille rouge roulait toute seule, sa quantité de mouvement se déplaçait de gauche à droite, sans aller vers le haut ou vers le bas.

Cela veut dire que, après la collision, notre système créé par notre table de billard, considéré comme un ensemble, n'avait qu'une quantité de mouvement allant de la gauche vers la droite, parce que la quantité de mouvement ne peut être créée ou détruite. Et ainsi, après leur collision, la quantité de mouvement allant vers le haut de la bille bleue a dû être annulée par la quantité de mouvement de la rouge allant vers le bas, alors que la quantité de mouvement totale introduite par la bille rouge était partagée entre la rouge et la bleue.

Cette quantité de mouvement a donné ensuite aux billes une vitesse équivalente *dans la direction haut-bas* (parce qu'elles ont des masses identiques), et cette vitesse a été réduite par la friction selon le même rythme, et donc, dans la direction haut-bas, elles ont parcouru la même distance. C'est juste ?

« Mais, attendez un instant, vous entends-je déjà dire. Ces billes étaient en train de rouler tranquillement et elles se sont arrêtées. Et quelque chose qui ne se déplace pas n'a pas de quantité de mouvement. En ce cas, comment se fait-il que sur la Terre la quantité de mouvement soit conservée alors qu'elle semble de toute évidence complètement épuisée ? »

La quantité de mouvement ne se perd pas

TOUT S'EXPLIQUE, EN RÉALITÉ, dans le « sur la Terre ».

Dans le chapitre précédent, nous avons appris - grâce à ces dangereuses et risquées expériences autoroutières - que, lorsque les objets ralentissent et s'arrêtent par la friction, l'énergie cinétique est convertie en énergie thermique (qui est elle-même, comme nous le verrons plus loin, également une énergie cinétique puisqu'elle est créée par la vibration des atomes). La quantité de mouvement, elle aussi, est toujours convertie. Peu importe comment et avec quelle force les objets s'entrechoquent, peu importe qu'ils se frottent les uns contre les autres ou qu'ils aient été assemblés par magnétisme, la quantité de mouvement totale du système reste inchangée.

L'explication de la différence entre énergie et quantité de mouvement réside encore une fois dans le fait que la quantité de mouvement est un vecteur : il a une magnitude et une direction. La vibration des atomes ne donne pas à un objet une quantité de mouvement parce que ces atomes vibrent de manière aléatoire dans des directions opposées.

Rappelez-vous comment, à la fin du chapitre 2, nous avons remarqué que le freinage d'une voiture affecte la rotation de la Terre à cause de la troisième loi de Newton. Cette même loi s'applique à l'arrêt de nos billes de billard. Elles sont stoppées par la friction du feutre, et la force des billes, égale et opposée, pousse la table, le sol, le pays, et éventuellement le monde entier ! C'est une bonne nouvelle pour les hippies, qui y trouveront un nouvel argument pour alimenter leur croyance que tout est connecté, mec. Mais c'est aussi une mauvaise nouvelle pour eux, puisque l'effet de la bille de billard sur le mouvement de la Terre est si infime qu'il est impossible de le mesurer.

En résumé, les hippies ne peuvent rien nous apprendre sur la physique. Mais peut-être que Clint Eastwood peut nous aider.

Le bon, la brute et l'impossible

JUSTE AU CAS OÙ VOUS RENCONTRERIEZ un bandit brandissant un revolver dans un cimetière où est dissimulé un cercueil rempli de billets de banque, il serait utile de regarder *Le Bon, la Brute et le Truand*, pour découvrir ce qui va exactement se passer.

Tout d'abord, il est quasi impossible de dégainer rapidement un revolver vieux de 150 ans et de toucher une personne qui se trouve 50 mètres plus loin en un seul tir. Sincèrement, vous, avec ce vieux flingue, vous pourrez vous estimer heureux si vous parveniez à atteindre la porte d'une grange à cette distance. Le recul provoqué par votre revolver, que vous tenez à hauteur de hanche, n'affecte en rien votre geste, et vous vous tenez là avec désinvolture, tel Clint. Mais même si vous avez une chance sur un million de toucher le bandit, il est complètement impossible que la balle le traverse de part en part. Après tout, la quantité de mouvement vient bien de quelque part. Lorsque vous tirez et que la balle est soufflée en dehors du canon, son énergie cinétique est produite par une petite explosion à l'intérieur du revolver. Mais la quantité de mouvement, comment nous l'avons vu, ne peut venir que des autres objets. Alors, qu'est-ce qui donne à votre balle sa quantité de mouvement ?

Originellement, Clint et la balle de son revolver n'ont pas de quantité de mouvement. Donc : après avoir fait feu, ils ne peuvent pas non plus avoir eu une quantité de mouvement, quelle qu'elle soit. Peu importe la quantité de mouvement de la balle après que la détente a été appuyée, Clint devrait recevoir la même, mais dans la direction opposée. Étant donné que la balle a atteint Lee avec une puissance suffisante pour le traverser de part en part, le recul devrait avoir également poussé Clint en retour, même s'il s'était préparé pour la détonation.

C'est autour et cela restera autour

Jusqu'à présent, nous ne nous sommes intéressés qu'à une seule sorte de quantité de mouvement, que les physiciens appellent la *quantité de mouvement linéaire*, puisqu'il s'agit d'objets qui se déplacent en ligne droite. Mais il est désormais temps d'aller faire un petit tour vers la *quantité de mouvement angulaire*. La Terre et sa rotation lui doivent énormément.

Et puisqu'elle permet aux gyroscopes de rester droits, c'est aussi un élément vital pour les instruments d'horizon artificiel, qui aident les pilotes d'avion à savoir s'ils volent droit et à une bonne altitude ou s'ils sont en train de plonger à toute vitesse vers le sol.

LA QUANTITÉ DE MOUVEMENT ANGULAIRE

La quantité de mouvement angulaire d'un objet est le produit de son *moment d'inertie* (la résistance de l'objet aux variations de sa rotation) et de sa *vélocité angulaire* (la vitesse à laquelle il tourne). L'équation s'écrit comme suit :

$$L = I \times \omega$$

Où L est la quantité de mouvement angulaire, I est le moment de l'inertie, et ω, la vélocité angulaire. (ω est la lettre grecque oméga. Et vous qui pensiez que l'équation de quantité de mouvement linéaire utilisait des lettres étranges)

Le moment d'inertie augmente si sa ligne de rotation s'écarte ou s'éloigne de son axe de rotation. Mais si cela arrive, l'objet tournera plus lentement, et la quantité de mouvement angulaire est ainsi conservée. C'est pourquoi les patineurs artistiques tournent plus lentement lorsqu'ils déploient leurs membres, et c'est pourquoi, si vous êtes un plongeur, vous vous recroquevillez pour accélérer votre vitesse de rotation et vous vous déployez pour la ralentir juste avant d'entrer dans l'eau.

Le moment de l'inertie augmente également si la masse d'un objet augmente, mais même le plus grand mangeur du monde trouverait impossible le fait de prendre du poids pendant une chute d'une plateforme de 10 mètres de haut.

Comme sa cousine linéaire, la quantité de mouvement angulaire n'est jamais créée ou détruite. Dès qu'il y a une rotation dans un système, elle est là pour toujours. Dans ce cas, la quantité de mouvement angulaire est un peu comme la politique : la rotation peut être transférée d'un objet à un autre sans que cela se voie pendant un moment, mais elle ne disparaît jamais.

La quantité de mouvement angulaire est aussi importante pour ces sports olympiques quelque peu risqués que sont la gymnastique, le patinage artistique ou la danse sur glace, ce genre de sport où vous obtenez une médaille d'or parce que vous présentez bien. Les plongeurs, par exemple, ont bien compris que, lorsqu'ils se déploient, leur rotation est plus lente, tandis que lorsqu'ils se replient sur eux-mêmes, leur rotation devient plus rapide.

Défier la gravité

TENTONS UNE NOUVELLE EXPÉRIENCE. Tout d'abord, détachez une roue de votre vélo. Maintenant, tenez-la avec vos deux mains (une de chaque côté de l'axe), faites-la tourner très vite en la tenant droite et d'une seule main.

Allez, faites confiance au physicien : lâchez une main.

Intéressant, n'est-ce pas ? Au lieu de tomber, votre roue défie la gravité. Sa quantité de mouvement angulaire l'aide à rester droite, alors que vous ne la tenez que d'une main, d'un seul côté de l'axe. Vous savez désormais pourquoi les cyclistes sur piste chancellent comme des empotés quand ils prennent le départ d'une course, mais qu'ils gagnent de l'équilibre une fois que leurs roues tournent rapidement.

En réalité, le comportement de votre roue de vélo est encore plus étrange qu'il n'y paraît au premier coup d'œil. Après un moment, vous réaliserez que, au lieu de tomber de l'autre côté, elle voudra tourner autour du point par lequel vous la tenez. Ce comportement devient même plus clair si vous tenez la roue d'un côté de l'axe en l'attachant à un bout de ficelle. Puis, lorsque vous la faites tourner, elle pendra là, défiant la gravité, tournant, mais tournant aussi doucement autour de la ficelle.

La raison de ce phénomène ? Au lieu de simplement défier la gravité, la rotation de la roue la renverse.

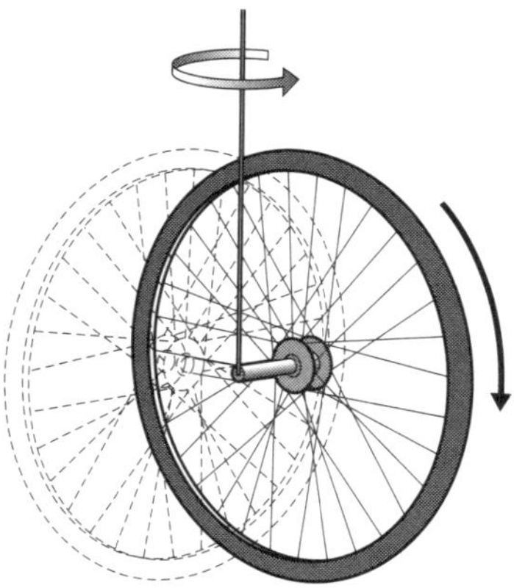

Un tour pour rire

PRENEZ LE POINT SITUÉ TOUT EN HAUT de votre roue de vélo. Si la roue ne tourne pas, la force de rotation créée par la gravité et la ficelle fait que ce point tombe en un arc de cercle d'un côté. (Les physiciens et ingénieurs aiment appeler cette force de rotation un « torseur ». Nous verrons cela un peu plus loin.)

Si la roue est en train de tourner, le point qui était situé en haut s'éloigne de vous.

Aucune nouvelle force n'entre alors en jeu, mais la rotation amène déjà notre point du haut de la roue vers le bas, sauf que c'est en bas et loin de vous, plutôt qu'en bas vers la gauche.

Puisque les forces sur notre point haut sont les mêmes qu'elles étaient lorsque la roue ne tournait pas, les lois de la physique disent qu'il doit se trouver dans la même position qu'il devrait occuper si la roue ne tournait pas. Et c'est ce qui se passe : la rotation de la roue, à laquelle s'ajoute l'étrange rotation autour de la ficelle, ramène notre point haut à l'endroit exact où il devrait être sans que la roue tombe.

Effectivement, la force de rotation causée par la gravité maintient la roue qui tourne dans un angle droit. Les physiciens appellent ce phénomène la *précession* : ce n'est pas un terme indispensable à retenir, à moins que vous ne souhaitiez trouver une ruse pour vous souvenir comment épeler « procession ».

Les gyroscopes

L'étrange machine faite d'une roue de vélo tournant autour d'une ficelle n'est en réalité qu'un vulgaire gyroscope. La roue qui tourne en son centre lui permet de ne pas être affecté si on essaie de le faire tourner. Ainsi, un gyroscope restera en équilibre sur une aiguille ou, de manière bien plus utile, conservera son altitude dans un voyage aérien alors que l'embarcation va de haut en bas et de droite à gauche.

Combinez quelques gyroscopes avec quelques détecteurs d'accélération (qui mesurent la précession) et vous pourrez fabriquer un système de navigation qui vous aidera à garder une trace de vos accélérations et de vos rotations. Et, si vous connaissez votre point de départ, cette information sera toujours suffisante pour indiquer votre position et la vitesse à laquelle vous vous déplacez. On utilise ce principe dans les systèmes de pilotage automatique des avions et, de manière moins sympathique, dans les systèmes de guidage des missiles de longue portée.

La puissance du torseur

SI VOUS AVEZ REMARQUÉ que les journalistes spécialisés dans l'automobile aiment le son de leur propre voix, sachez qu'ils apprécient tout autant le torseur.

Le torseur, comme nous l'avons déjà mentionné, est une force de rotation. C'est ce qui occasionne des variations dans la quantité de mouvement angulaire et fait que la rotation d'un objet est plus lente ou plus rapide.

C'est aussi une mesure de la capacité d'un moteur de voiture à tourner l'arbre mécanique. Donc, si le bolide que vous êtes en train d'essayer est doté d'un moteur qui produit beaucoup de torseurs, la voiture sera rapide et puissante. Mais la relation entre la puissance et le torseur n'est pas si simple et directe.

Les moteurs de voiture produisent différents niveaux de puissance quand ils roulent à des vitesses différentes. Ils atteignent généralement leur pleine puissance lorsqu'ils tournent très vite, c'est-à-dire près de 6000 tours par minute pour un moteur à essence.

Mais ce qui plaît aux journalistes, c'est le faible grondement. Le grondement est produit par un torseur lorsque le nombre de tours par minute du puissant moteur V8 de la voiture de sport est faible. C'est aussi ce qui fait tourner les roues et pousse cette belle mécanique à quitter de manière enivrante la ligne de départ.

Beaucoup de puissance à un niveau élevé de tours par minute vous permet de pulvériser les limites autorisées sur l'autoroute ; mais un torseur à un faible taux de tours par minute vous permet d'atteindre ces limitations de vitesse en seulement 4,5 secondes, le cœur battant, enfoncé dans votre siège à cause de l'accélération, une légère grimace sur le visage alors que vous luttez contre le temps, l'espace et la crise de la quarantaine.

Une masse pour casser une noisette

VOUS AUGMENTEZ LE TORSEUR en ayant recours à des leviers plus longs pour utiliser la puissance ou (ce qui n'est pas surprenant) en augmentant la puissance elle-même.

Les manuels de physique aiment prendre l'exemple des casse-noisettes pour montrer comment des leviers nous permettent d'augmenter la force que nous imposons à une noisette que nous voulons ouvrir. Vous n'ouvrirez pas une noisette en vous servant uniquement de vos mains. Elles ne sont pas assez fortes. Un casse-noisettes vous le permet, à partir du moment où vous serrez bien fort.

Mais on a tendance à dire que pour casser une noisette coriace, il faut une masse. Bien entendu, vous n'avez pas besoin d'une masse pour ouvrir même la plus dure de toutes les noisettes du monde, mais si vous en utilisez une vous pourrez l'ouvrir beaucoup plus rapidement. Le poids très important de la masse vous donne une grande puissance (doublez la puissance, doublez le torseur). Maintenant, passez-la derrière votre tête et utilisez son long manche pour multiplier votre force. (Vous doublez également le torseur si vous doublez la taille de votre levier.) Et maintenant, écrasez la noisette !

Attention : votre noisette est peut-être trop écrasée pour être consommée après cette expérience. Parfois, la fonctionnalité n'est pas tout… Il vous suffit d'en parler à votre concessionnaire automobile le plus proche.

Encore Yu ?

AVANT QUE NOUS NE TERMINIONS avec la quantité de mouvement, il faut tout de même préciser que -malgré ce que nous avons pu démontrer grâce à notre expérience - il *existe* une manière qui aurait permis à Jen Yu de repousser son assaillant comme elle a pu le faire dans *Tigre et Dragon*, mais sans outrepasser les lois de la physique.

Comme l'a démontré la première loi de Newton, l'Univers est fainéant. Les objets aiment rester exactement là où ils se trouvent à moins qu'ils ne soient aidés en étant propulsés par une force résultante.

Retournons à notre table de billard un instant : si nous envoyons une balle de ping-pong sur notre bille bleue représentant Jen Yu, celle-ci ne bougera certainement pas, mais la balle de ping-pong rebondira à cause du choc. Et ne pensez pas que c'est en raison de la friction. Si nous avions mis notre bille bleue en orbite, flottant tranquillement au milieu de la pièce, et avions lancé tout doucement la balle de ping-pong sur elle, le résultat aurait été exactement le même.

Cette petite expérience nous montre deux choses : d'abord, n'utilisez pas une balle de ping-pong à la place de la bille blanche si vous voulez vraiment jouer sérieusement au billard ; ensuite, la quantité de mouvement n'est pas la seule chose qui importe.

L'Univers fainéant

NOUS POUVONS EN DIRE PLUS au sujet de cette tendance de l'Univers à rester tel qu'il est. Nous savons que, plus un objet est lourd et grand, plus il sera difficile de modifier son mouvement (ou le faire bouger s'il n'est pas en mouvement au départ). Un objet qui ne bouge pas n'a aucune vitesse/vélocité, et il n'a donc aucune quantité de mouvement. Il préfère rester tranquillement à sa place. Et plus il est lourd, plus il est fainéant.

Les physiciens appellent cette résistance aux variations de mouvement l'*inertie*, ce qui peut être un peu déroutant pour ceux d'entre nous qui ont tendance à confondre l'inertie d'un objet en mouvement et sa quantité de mouvement.

Mais il faut différencier la quantité de mouvement et l'inertie.

Les objets lourds ont une grande inertie : peu importe qu'ils se déplacent lentement ou rapidement, ou qu'ils ne bougent pas du tout, il est très difficile d'altérer leur mouvement (si vous ne me croyez pas, allez pousser un pétrolier).

Et les objets légers peuvent gagner une grande quantité de mouvement s'ils se déplacent rapidement. La balle de l'homme sans nom (s'il était un vrai homme sans nom, dans le monde réel, tirant des balles réelles, etc.) ne pèserait que 16 grammes. La lancer avec ses mains sur un hors-la-loi n'aurait pas énormément d'effet, mais le faire avec un revolver à une vitesse de 300 m/s devrait quelque peu le secouer.

Nous avons précisé précédemment que nous mesurons l'inertie en kilogrammes. La masse d'un objet (ce qui, sur Terre, à cause de la gravité, donne son poids) donne aussi son inertie.

Et pour de nombreuses choses qu'il est impossible de peser (vous ne pouvez pas, par exemple, mettre une planète sur votre pèse-personne), un calcul de leur quantité de mouvement, et ainsi donc de leur inertie, donne leur masse – la mesure de tout ce qui constitue ces choses.

Nous parlerons plus en détail de tous les éléments qui constituent la masse dans un petit moment. Juste après en avoir terminé avec ce qui suit .

Le problème du poids secret

ALORS, EST-CE QUE CETTE SCÈNE de *Tigre et Dragon* est réaliste après tout ? Jen Yu ressemble peut-être à une svelte et jeune combattante, mais a-t-elle en réalité un problème de poids ?

Nous avons présumé lors de notre expérience précédente sur la table de billard que l'assaillant de Jen pesait à peu près le même poids qu'elle.

Mais si, au contraire, elle pesait beaucoup, beaucoup, beaucoup plus que lui, notre nouvelle expérience, avec le rôle de l'assaillant joué par la balle de ping-pong, pourrait être un meilleur indicateur de la crédibilité de la scène.

Peut-être Jen a-t-elle un gros problème de poids. Le genre de problème de poids qui fait qu'elle a quelques tonnes de trop (la tonne est une unité de masse qui équivaut à 1000 kilogrammes, au cas où vous auriez oublié).

Ainsi, même un boxeur poids lourd rebondirait sur elle si elle était faite de matière élastique et, bien entendu, si elle n'était pas déjà passée à travers le plancher du restaurant délabré dans lequel elle déjeunait avant de mettre toute la pièce en morceaux, aidée par son adversaire, pendant le combat.

Mais comment a-t-elle réussi à prendre autant de poids en ne mangeant que du riz, des plats à base de nouilles et en ne buvant que du thé vert ? Et comment, si elle pesait réellement quelques tonnes, pourrait-elle réussir à bondir aussi haut, comme si elle était aussi légère qu'une mouche ?

À mon avis, vous ne devriez pas regarder des films d'action si vous voulez réellement comprendre la physique.

5

Chaleur et matière

Dans ce chapitre, nous découvrirons la matière et ce qui la constitue. Puis nous verrons comment ce qui la constitue explique la façon dont elle peut passer d'un état solide et élastique à un état gazeux et volatile ; pourquoi l'eau est si particulière ; pourquoi la fumée vous pique les yeux ; et pourquoi la planète Terre nous garde tous sous pression.

La matière est tout ce qui nous entoure. Elle prend de la place et a une masse : c'est ce qui remplit vos placards et fait craquer vos étagères sous son poids (bien que, évidemment, ces placards et ces étagères, et vous et votre maison, et le monde entier soyez faits de matière, également).

En plus d'avoir une masse et un volume, et de vous poser des problèmes de stockage, que fait la matière ?

Peut-être que, si nous trouvons des réponses à cette question, nous en découvrirons un peu plus sur ce qu'est la matière.

Qu'est-ce que la matière ?

Il y a des centaines d'années, les anciens Grecs et les philosophes indiens ont développé l'idée que, si vous divisez la matière en morceaux de plus en plus petits, vous finirez par obtenir quelque chose de fondamental, qui ne peut pas être divisé. Les Grecs l'appelaient *atome*.

Mais c'était très longtemps avant que la science nouvelle qu'est devenue la chimie ne donne à ces idées des bases expérimentales.

En 1803, le scientifique anglais John Dalton remarqua que certains éléments pouvaient être combinés avec d'autres dans un ratio de petits nombres entiers.

Ainsi, si vous avez un très grand laboratoire de chimie tout équipé, que vous placez 1000 litres d'hydrogène et la moitié de ce volume d'oxygène dans un récipient et que vous versez le tout sur une allumette en feu, il se produirait une explosion assourdissante.

Tout le gaz donnerait, une fois refroidi, assez d'eau fraîche pour remplir un grand verre.

(Si l'explosion a dispersé toute l'eau sur les décombres fumants de votre laboratoire, il vous faut alors utiliser une serpillière pour la récupérer, puisque vous aurez besoin de ce verre d'eau pour la suite de l'expérience.)

Si vous utilisez d'autres volumes d'oxygène et d'hydrogène (par exemple le même volume de chaque élément, ou deux fois plus d'oxygène que d'hydrogène), il restera toujours de l'hydrogène ou de l'oxygène en suspens.

C'est pourquoi l'eau est symbolisée par H_2O : les molécules d'eau – les plus petites particules d'eau – sont faites de deux atomes d'hydrogène et d'un atome d'oxygène. Il vous faut, vous l'avez compris, deux fois plus d'hydrogène que d'oxygène pour faire de l'eau.

La chimie est élémentaire

LA SCIENCE A DÉCOUVERT 117 éléments chimiques, bien que seuls 94 d'entre eux se retrouvent naturellement sur la Terre. Vous en connaissez déjà beaucoup : l'hydrogène, l'hélium, le carbone, l'oxygène, le fer, le cuivre, l'argent, l'or, le chlore, le sodium et le néon sont les plus connus d'entre tous. En chimie, les atomes qui constituent ces éléments sont aussi petits que vous pouvez l'imaginer.

Mais, trop sociables, ils ne sont généralement jamais en train d'errer tout seuls dans la nature. Par exemple, presque tout l'hydrogène sur Terre se retrouve dans les molécules d'eau parce que, comme nous venons de le découvrir, il ne faut pas attendre longtemps pour qu'il s'associe avec l'oxygène et forme ainsi un sympathique ménage à trois.

Les atomes sont si petits qu'il est impossible de les voir, même avec un microscope. Une tête d'épingle peut accueillir environ 4 000 000 d'atomes. (Mais les physiciens ont découvert que, comme les nuages, les atomes n'ont pas de frontières fixes et établies, ce qui rend leur mesure très difficile.)

Les physiciens ont aussi découvert le moyen de surpasser le travail des chimistes en écrasant l'atome pour en faire des particules encore plus petites. Mais ne nous lançons pas maintenant dans cet exercice. Il y a beaucoup trop de choses à découvrir sur les atomes avant de se mettre à les décortiquer.

Brise-glace

MAINTENANT QUE NOUS AVONS REMPLI notre verre d'eau, que pouvons-nous apprendre de plus à son sujet ?

Si on la refroidit beaucoup, notre eau se transformera de toute évidence en glace. Puis, si nous la réchauffons, elle redeviendra de l'eau. Dans la glace, solide, nos molécules d'eau sont fermement agglomérées les unes contre les autres, attachées par des liens durables à leurs voisines (bien que ces liens leur permettent de vibrer autour d'un point central).

En les réchauffant, cette énergie supplémentaire permet à nos molécules d'eau de vibrer de plus en plus fort, jusqu'à ce que ces liens fermes se brisent pour former un liquide.

Les molécules sont encore fermement agglomérées, mais, comme elles se bousculent les unes contre les autres tels des adolescents attardés qui dansent dans une discothèque, leurs liens avec leurs voisines sont changeants et brefs.

Désormais, elles peuvent se détacher les unes des autres et remplir le récipient dans lequel elles se trouvent. Vous remarquerez que ce changement d'état - de solide à liquide - demande beaucoup d'énergie, ce qui explique pourquoi, en fondant, des glaçons peuvent refroidir une boisson plus efficacement que la même quantité d'eau très froide.

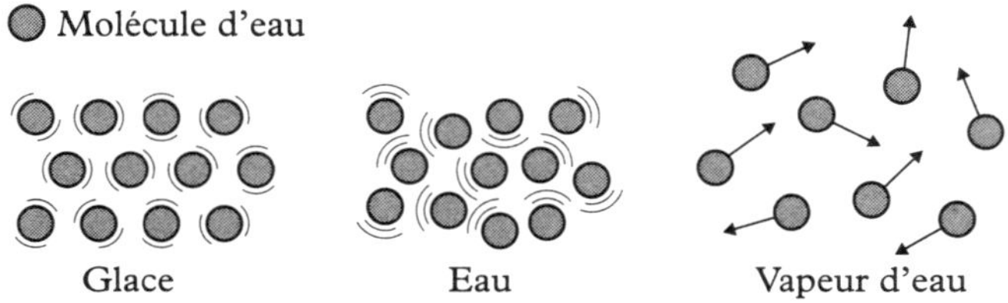

Vous pouvez voir que les molécules de gaz sont beaucoup plus étendues que les molécules d'eau à l'état solide ou liquide, parce que les gaz sont relativement faciles à compresser (il suffit pour cela de s'équiper d'une pompe à vélo).

Il est presque impossible de compresser des solides (à moins que, comme les éponges, ils aient une structure pleine d'air) et des liquides (c'est ce qui fait fonctionner les systèmes hydrauliques : essayez en compressant de l'huile à partir d'une extrémité d'un tube (avec votre pédale de frein par exemple) et elle se dirigera vers l'autre extrémité (collant ainsi vos plaquettes de frein sur vos disques de frein).

Embué

Le gaz formé à partir de l'eau est appelé vapeur d'eau. S'il faut un volume combiné de 1500 litres d'hydrogène et d'oxygène pour faire un verre d'eau, lorsqu'elle est chauffée, cette eau produit environ 500 litres de vapeur d'eau.

Ce n'est pas la taille des molécules qui détermine le volume de gaz, mais purement et simplement leur nombre.

Les états de la matière

Solide, liquide et gazeux sont trois états (bien que les physiciens les appellent en réalité des « phases ») de la matière. Il y en a certes également quelques autres, mais ils sont bien moins connus et sont créés lorsqu'il y a assez d'énergie autour d'eux pour briser les atomes eux-mêmes. On les appelle plasma, condensat de Bose-Einstein, et gaz de fermions dégénéré.

Il sera très important de retenir ces noms si vous voulez discuter et contredire quelqu'un qui vous affirme qu'il n'existe que trois états de la matière.

La vapeur d'eau est aussi claire et incolore que l'air. La buée que nous voyons s'échapper de la casserole (dans laquelle nous faisons bouillir notre précieuse eau) est légèrement différente : comme les nuages que nous pouvons voir dans le ciel, elle est faite en réalité de gouttelettes qui restent suspendues dans l'air.

Toute l'eau que nous avons fabriquée se sera rapidement volatilisée et dispersée dans l'atmosphère.

Mais nous pouvons en récupérer un peu. La vapeur se condensera en eau sur une surface froide, car le froid fait rapidement s'échapper l'énergie des molécules qui touchent la surface et ne peuvent dès lors plus se volatiliser.

C'est une bonne nouvelle pour nous. L'eau est une chose surprenante, et nous allons encore en avoir besoin dans les minutes qui viennent.

L'eau est un élément étrange

PRESQUE TOUS LES SOLIDES s'étendent légèrement lorsqu'ils se réchauffent. C'est pourquoi les grandes structures de métal sont souvent équipées de joints de dilatation en caoutchouc.

Et presque tous les solides s'étendent encore un peu plus lorsqu'ils passent à l'état liquide. Mais l'eau est un peu particulière.

La glace s'étend légèrement lorsqu'elle est chauffée, mais ensuite elle se contracte en se transformant en eau. La forme des molécules d'eau – et aussi qu'un de leurs côtés soit légèrement chargé en électricité positive, et l'autre, en électricité négative – fait qu'elles peuvent se fixer plus fortement les unes aux autres lorsqu'elles s'agitent sous forme liquide que lorsqu'elles sont à l'état solide (dans lequel toutes ces charges positives et négatives s'alignent de manière très ordonnée, comme un réseau de minuscules magnets). Donc, l'eau s'étend lorsqu'elle se refroidit : elle fissure les tuyaux de canalisation, mais elle fait aussi flotter la glace, et les poissons peuvent survivre sous une couche de glace. L'eau a de nombreuses autres propriétés, comme la tension superficielle, que l'on peut retrouver chez quelques autres liquides.

Elle est indispensable à la vie telle que nous la connaissons.

Mais pour notre petite expérience, analyser l'eau est une bonne manière de découvrir les propriétés des solides, des liquides et des gaz. Et après tout ce que nous avons fait subir à notre pauvre verre d'eau, ne pas s'en servir serait une honte.

Un peu plus sur les molécules

J'EN CONVIENS, IL N'EST PAS FACILE d'imaginer que votre petit verre d'eau est plein de molécules qui s'agitent. Mais si vous mélangez une cuillère à café de petits grains de pollen dans votre eau, et que vous les observez à l'aide d'un microscope, la preuve se trouvera juste sous vos yeux. Vous verrez gigoter ces petits grains de pollen, télescopés par les molécules d'eau.

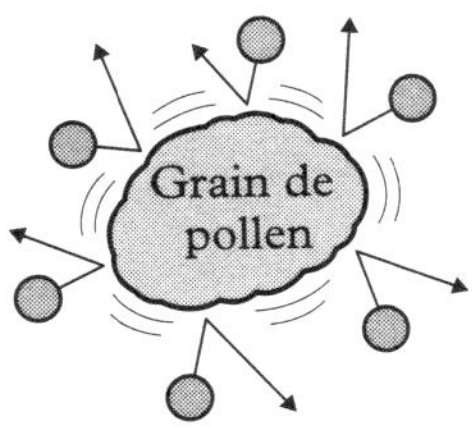

Mouvement brownien

C'est ce qu'on appelle le mouvement brownien, du nom de Robert Brown, le botaniste écossais qui l'a découvert : vous avez certainement dû apprendre cela à l'école.

Si l'on imagine que votre verre d'eau est une discothèque pour adolescents attardés, alors les grains de pollen sont comme des ballons géants roulant sur la piste de danse et qui sont frappés en permanence dans toutes les directions, mais jamais très loin, par les danseurs surexcités.

En réalité, les molécules sont 250 000 fois plus petites que les grains de pollen. Nous savons cela parce qu'Einstein faisait des recherches en mathématiques à partir du mouvement brownien, qui, si l'on mesure nos grains de pollen, nous permet de calculer la taille des molécules d'eau. Vous ne pouvez pas les voir, mais elles sont réellement là.

Le mouvement brownien peut s'observer dans les gaz également. Les particules de fumée dans l'air (qui est un mélange de 78 % d'azote, de 21 % d'oxygène et d'un petit peu d'argon, de dioxyde de carbone et de vapeur d'eau) bougent à peu près comme les grains de pollen dans l'eau. Et c'est là que nous commençons à découvrir un phénomène physique qui peut être compris à partir du moment où l'on réalise que les molécules et les atomes sont perpétuellement en mouvement.

Une montgolfière se remplit et vole en grande partie grâce à ces effets. Allez, faisons l'expérience. Vous ne trouverez pas une meilleure excuse pour observer la Terre à partir d'une nacelle en osier, seulement aidé par les lois de la physique et sans pouvoir contrôler la course de votre engin.

Beaucoup d'air chaud

NOUS AVONS DÉJÀ VU COMMENT les montgolfières s'élèvent grâce au fait qu'elles déplacent une plus grande masse d'air qu'elles n'en contiennent. Nous allons maintenant voir pourquoi cela se produit. Il est temps de commencer une nouvelle expérience mentale. Et exclusivement mentale, s'il vous plaît, parce qu'elle est très dangereuse. Imaginez une boîte hermétiquement fermée remplie d'air. À l'intérieur, des molécules libres d'esprit et un peu folles se déplacent à une vitesse moyenne de 210 m/s (soit environ 800 km/h) jusqu'à ce qu'elles s'entrechoquent, ou, ce qui est plus probable parce qu'elles ont tendance à s'étendre, jusqu'à ce qu'elles percutent les parois de la boîte. Ce perpétuel tambourinement des molécules à l'intérieur de la boîte est ce que nous connaissons sous le nom de *pression*. C'est ce que nous pouvons ressentir lorsque nous sommes touchés par un jet d'eau, sauf que, dans le cas présent, les molécules se déplacent dans toutes les directions.

Maintenant, si vous mettez cette boîte dans un feu, les molécules d'eau vont s'enflammer. Elles vont se déplacer plus rapidement, et elles vont ainsi heurter les parois de la boîte plus fortement (les esprits libres n'aiment pas être mis dans des boîtes). La pression sur les parois de la boîte se fait de plus en plus forte. Laissez cette boîte suffisamment longtemps dans le feu et boum ! Elle explose. Je vous l'avais dit que c'était dangereux. Vous ne pouvez pas emprisonner un esprit libre éternellement.

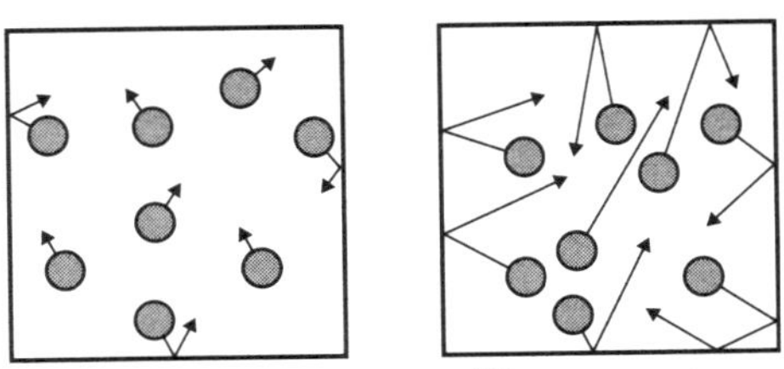

Basse pression — Haute pression

Sentez la pression

La pression est mesurée en pascals. C'est une mesure de la force agissant dans un espace donné : donc, si vous réduisez de moitié cet espace, vous doublerez la pression. C'est ce qui fait toute l'efficacité des raquettes à neige : en répartissant votre poids (rappelez-vous que le poids est une force) sur une plus large surface, elles réduisent la pression de votre corps sur la neige et vous empêchent de vous y enfoncer. Si au contraire vous marchiez sur la neige en échasses ou en talons aiguilles, leur petite surface, toute pointue, convertirait tout votre poids en une forte pression sur la neige, et vous vous y enfonceriez directement. Mais nous sommes tous sous pression de toute façon : l'atmosphère nous pousse avec une pression de 100 000 Pa. C'est ce qui fait fonctionner les ventouses : lorsque vous en appuyez une sur une surface, une partie de l'air est expulsée, réduisant ainsi la pression à l'intérieur. Alors, la plus grande pression atmosphérique pousse la ventouse contre la surface de manière plus forte que celle qui essaye de détacher la ventouse.

À propos de Blaise

L'unité de mesure de la pression est appelée le pascal, d'après le nom du scientifique et philosophe français Blaise Pascal. Né en 1623, il réalisa de brillantes études en mathématiques et en science dès son plus jeune âge. Il élabora une calculatrice mécanique et inventa notamment la théorie des probabilités. Il a aussi joué un rôle fondamental dans l'invention de la presse hydraulique, ce qui explique pourquoi il a donné son nom à l'unité de pression.

Après une vision en 1654 et la guérison miraculeuse de sa fille en 1657, Pascal mit un terme à toutes ses recherches et se consacra exclusivement à Dieu tout en écrivant des traités sur la raison et le doute. Il est mort en 1662, à l'âge de 39 ans.

Gonfler un ballon

MAINTENANT QUE NOUS EN SAVONS un peu plus sur la pression, recommençons cette expérience de boîte dans le feu, mais cette fois-ci en imaginant des ballons gonflables résistant au feu. Vous les voyez ? L'un d'entre eux est rouge, avec des lettres jaunes disant « Bon anniversaire ».

Une fois que vous avez gonflé et noué le ballon, la pression à l'intérieur est égale à celle de l'air ambiant. C'est pourquoi il garde la même taille. Maintenant, mettez ce ballon résistant au feu au-dessus des flammes pendant un petit moment. Que se passe-t-il ? Étant donné que l'air à l'intérieur devient de plus en plus chaud, nos molécules à l'esprit libre commencent à frapper de plus en plus fort la paroi du ballon. La pression augmente, et le ballon commence à grossir. Maintenant, comme le ballon s'est agrandi, les molécules ont plus de place, et elles tapent moins souvent sur la paroi. Au final, si vous retirez le ballon du feu afin que l'air qu'il y a à l'intérieur atteigne la température ambiante, le plus faible nombre de coups sur la paroi compense l'énergie supplémentaire de ces coups. À nouveau, le ballon reprendra une taille constante. Il sera plus gros, mais la pression à l'intérieur et à l'extérieur sera la même. Ce petit coup de chaud aura ainsi donné à nos petites molécules un peu plus de place.

Faites néanmoins bien attention avec ce ballon résistant au feu. L'air qui s'est étendu sera plus léger que le reste de l'air, et il cherchera alors à s'envoler. Quelque chose de similaire arrive à l'air chaud lâché par les brûleurs de notre montgolfière : il s'étend et s'élève immédiatement. Ce processus est appelé *convection*, et c'est la manière qu'utilise la chaleur pour se déplacer. Les colonnes d'air chaud et ascendant au-dessus des objets brûlants sont très utiles pour remplir des montgolfières, ou pour les aigles, qui planent à la recherche de petites proies touffues. Mais cela peut aussi être un problème.

Imaginez que vous rentriez d'un voyage glacial en montgolfière. (Saviez-vous pourquoi il fait plus froid lorsque la pression est plus faible ? Comprenez-vous pourquoi ?) Vous êtes de retour chez vous, et un radiateur réchauffe la pièce dans laquelle vous vous trouvez. Pourquoi alors ressentez-vous un courant d'air caresser votre nuque ?

L'air chaud au-dessus du radiateur refroidit lentement en s'élevant. Alors qu'il est au-dessus de vous, il s'est refroidi suffisamment pour retomber juste à l'arrière de votre cou.

Mais ne vous plaignez pas. Vous n'avez pas vraiment froid. Dans un instant, nous allons découvrir ce que cela veut vraiment dire d'avoir froid, et plus jamais vous ne vous plaindrez.

Absolument glacial

MAINTENANT QUE NOUS SAVONS que la température est simplement la mesure du taux d'activité des molécules bougeant frénétiquement dans la matière, nous pouvons essayer d'imaginer ce qui pourrait se passer si elles devenaient complètement immobiles.

Nous aurons beau essayer de l'imaginer, cela n'arrivera jamais : la troisième loi de la thermodynamique affirme qu'il est impossible pour la matière de perdre toute son énergie thermique et d'atteindre ainsi la température la plus basse qui soit, que les physiciens appellent le *zéro absolu* .

Ce qui est étrange avec le zéro absolu, c'est qu'il n'est que de -273,15 °C (alors que l'eau gèle à 0 °C). C'est froid (vous devriez vous habiller très chaudement si la température extérieure était de -200 °C) : mais lorsqu'on songe que 273 °C est une bonne température pour cuire des pizzas à pâte fine et croustillante, et que l'on considère que la température du cœur du Soleil atteint les 15 000 000 °C, ce n'est pas très froid.

Les scientifiques ont établi des méthodes pour refroidir des objets jusqu'à une température très proche du zéro absolu, car c'est tellement froid que des choses étranges se produisent, par exemple, la formation de ces condensats de Bose-Einstein dont nous parlions précédemment.

Pourquoi les ressorts ont-ils du ressort ?

AVANT QUE NOUS FERMIONS le chapitre sur les objets lourds et chauds et que nous découvrions ce qui crée la lumière, nous devons mentionner rapidement quelques autres phénomènes qui nous sont familiers et peuvent être expliqués grâce à la théorie cinétique de la matière (ce qui veut juste dire que les molécules bougent continuellement, comme nous l'avons déjà précisé). Voyons comment les flaques d'eau s'évaporent sans bouillir, pourquoi les ressorts ont du ressort et, plus important encore, pourquoi des gens achètent des housses de poil pour le siège de leurs toilettes.

Les flaques d'eau disparaissent même lorsqu'il fait froid parce que c'est l'énergie moyenne des molécules qui donne aux flaques sa faible température. Mais cette moyenne cache le fait que, chaque instant, les molécules bougent en réalité à des vitesses très différentes à l'intérieur de leur discothèque en plein air. Et celles qui ont la chance d'avoir assez d'énergie lorsqu'elles sont proches de la surface de l'eau peuvent – si elles ont une trajectoire rectiligne – s'échapper en toute liberté, droit dans le ciel, brisant leurs liens humides et laissant derrière elles leurs angoisses d'adolescents (du moins jusqu'à ce qu'elles se transforment en pluie ou en condensation). Ainsi s'évaporent les flaques d'eau. Les ressorts ont du ressort parce que les atomes constituant le métal que nous utilisons pour les fabriquer sont tous liés entre eux, comme les molécules que l'on trouve dans la glace. Étirez un ressort, et les liens qui le constituent le contracteront en retour. (Les molécules que l'on trouve dans la glace sont moins fermement liées, et l'organisation de leurs liens est différente de celle des atomes de métal. Si vous tirez sur de la glace, elle se cassera, tout simplement : la glace ne fait pas un bon ressort.)

Accordons-nous maintenant une petite pause pipi.

Chaud et moelleux

LA POPULARITÉ DES HOUSSES DE SIÈGES de toilettes en poil rose s'explique principalement par l'étrange manque de goût des humains, qui ne connaissent pas de limites à ce niveau. Mais la *conduction* et les *capacités spécifiques de chaleur* sont aussi importantes. La conduction est le processus par lequel la course d'un atome provoque celle des autres atomes qu'il rencontre, ce qui fait voyager la chaleur dans la matière.

C'est un processus courant : si vous faites chauffer une casserole en métal, la chaleur se déplace à travers le métal grâce à la conduction et chauffe l'eau à l'intérieur de la casserole. Néanmoins, le plastique n'étant pas un bon conducteur de chaleur, la poignée reste toujours froide. La capacité spécifique de chaleur d'un matériau indique combien il faut d'énergie pour le chauffer jusqu'à une température donnée. L'eau a une forte capacité spécifique de chaleur, ce qui la rend très pratique dans les systèmes de chauffage central, parce qu'elle peut stocker beaucoup de chaleur alors qu'elle se déplace du brûleur à votre radiateur (où toute cette chaleur est convertie, grâce à la convection[1], en un courant d'air qui viendra caresser votre nuque).

Nous savons que certains matériaux sont de bons conducteurs de chaleur et que certains ont besoin de plus d'énergie pour chauffer. Maintenant, revenons au problème qui nous

1. Nous les appelons « radiateurs », et vous pouvez sentir le rayonnement de chaleur en approchant votre main de sa sortie, mais la plupart des chauffages centraux transfèrent en réalité 80 % de leur chaleur vers la pièce par un courant d'air, la convection.

intéressait auparavant : cette lunette des W.-C. en plastique toute froide sur laquelle vous posez vos fesses au beau milieu d'une nuit d'hiver. Mais essayons d'y poser une housse en poil rose. Mmm. C'est confortable. Et en réalité, le siège et ce qui le couvre sont à la même température : la température générale, ambiante, qui vous congèle l'arrière-train, la température de votre maison pendant une froide nuit d'hiver. Pourquoi alors l'enveloppe vous donne-t-elle l'impression de ressentir de la chaleur ? Comparée au plastique de la lunette, la gaine de poil rose ne conduit pas bien la chaleur et chauffe rapidement : ce qui la rend toujours accueillante et confortable.

Bien entendu, si vous pensez qu'il est un peu étrange et pas très hygiénique d'utiliser des housses en poil rose, vous pouvez toujours attendre que quelqu'un d'autre réchauffe le siège et vous y précipiter dès qu'il sort des W.-C...

Une petite erreur

DANS CE CHAPITRE, nous avons considéré que la matière était faite de petites balles rebondissantes. Eh bien, ce n'est pas le cas. Mais ne rejetez pas l'idée en bloc tout de même. C'est ce que croyait Newton. Et, comme nous venons juste de le voir, c'est une manière très pratique de réfléchir à de nombreux exemples de phénomènes physiques.

Néanmoins, comme nous allons le voir, il existe de nombreux éléments qui prouvent que, bien que les atomes et les molécules se comportent parfois comme des balles rebondissantes, ils sont en réalité constitués de particules encore plus petites, et que ces particules sont si minuscules et si différentes de la matière que tout ce qui les concerne semble faux et étrange.

Et pour commencer à parcourir ce monde si petit et inaccessible, nous avons besoin de passer par la mer.

6

Les ondes

Dans ce chapitre, nous allons voir que toutes les ondes sont identiques : elles peuvent se croiser sans buter les unes contre les autres, elles se reflètent quand elles rencontrent certains objets et dévient en en touchant d'autres. Et nous apprendrons que les ondes prennent de nombreuses formes différentes. Nous verrons pourquoi la puissance des ondes est difficile à exploiter. Nous calculerons la vitesse du son et établirons la preuve que la lumière est une onde dans le creux de nos mains.

Pour commencer, nous allons nous rendre au bord de mer, un endroit merveilleux pour comprendre la physique des ondes. C'est parce que – comme vous l'aurez sans doute déjà compris - la lumière du soleil, les vagues dans la mer, et les sons que l'on entend sur la plage sont tous des ondes. Alors, allez-y, attrapez votre planche de surf, et allons nager pour en apprendre un peu plus. Une fois que vous êtes assis sur votre surf et que vous attendez une belle vague pour pouvoir la chevaucher, vous remarquez la propriété la plus importante du mouvement des vagues : elles sont capables de vous soulever et de vous laisser redescendre.

Et elles ont une autre qualité évidente, aussi : elles transportent de l'énergie jusqu'à la plage (c'est pourquoi elles peuvent vous propulser quand vous en trouvez une suffisamment grosse), mais la mer reste pourtant là où elle est.

Certes, votre planche revient vers le rivage, mais le mouvement des vagues et l'énergie qu'elles transportent sont relativement indépendants du mouvement général de la mer (fait grossièrement de montées et de descentes, ainsi qu'un peu d'avancées et de reculs, ce qui fait que chaque point dans la mer décrit un cercle).

Voilà déjà une première révélation. Vous n'avez même pas eu à montrer votre talent pour le surf et vous avez déjà découvert ce qu'était une onde : un transfert d'énergie sans transfert de matière.

Mais attendez avant de vous élancer. Nous pouvons encore apprendre beaucoup de choses ici à propos des vagues, et, parce que toutes les formes d'ondes décrivent les mêmes mouvements ondulatoires, ce qui sera valable pour les vagues le sera également pour toutes les autres ondes.

De curieuses interférences

PAR EXEMPLE, quand vous êtes à la mer et que vous bougez doucement de haut en bas, puis de bas en haut, vous pouvez produire vos propres petites ondes en mettant votre main dans l'eau. Ces ondulations se répandent dans la mer par-dessus les plus grandes ondes, sans pour autant les perturber. Donc, il est clair que de nombreuses ondes peuvent se transmettre dans le même élément, dans toutes les directions et en même temps.

Elles ne se cognent pas les unes contre les autres comme des balles.

Mais elles interagissent d'une autre manière. Votre ondulation va rendre les ondes un peu plus hautes à certains endroits, un peu plus basses à d'autres. Les ondes au sein d'une forte houle sont difficiles à remarquer, mais si vous regardez un couple de surfeurs s'élancer dans une mer relativement calme, vous verrez rapidement que les deux jeux d'ondulations forment un nouveau motif alors qu'ils s'étendent et se mélangent l'un à l'autre, parce qu'à certains endroits, vous avez deux creux qui s'unissent (et le résultat est une dépression plus profonde dans l'eau) et à d'autres, vous avez deux pointes qui s'assemblent (et en forment une plus importante à la surface).

À d'autres endroits encore, une pointe dans l'une des trajectoires rencontre un creux formé par l'autre, et ainsi les ondes s'annulent. Tout se passe comme s'il n'y avait pas eu d'ondes à cet endroit, mais bien sûr l'énergie des ondes des deux surfeurs continue de se transmettre à travers ce point.

Les physiciens appellent cette interaction d'un ou plusieurs groupes d'ondes des *interférences*. Les deux pauvres surfeurs que nous observons doivent avoir un mot plus imagé pour désigner ce phénomène.

Ondes du premier surfeur

Ondes du second surfeur

Schéma des interférences entre les deux séries d'ondes

LA PUISSANCE DE LA MER

Des vagues faisant un mètre de hauteur frappent chaque section de plage d'un mètre avec assez d'énergie pour faire fonctionner une dizaine de chauffages électriques.

C'est la raison pour laquelle il est frustrant que nous ne soyons pas capables pour l'instant de maîtriser cette énergie pour produire de l'électricité.

Une partie du problème avec la puissance des ondes, c'est la manière dont elles portent cette énergie, laquelle est proportionnelle au carré de la hauteur. Une vague de trois mètres a par conséquent $3 \times 3 = 9$ fois plus d'énergie qu'une vague d'un mètre.

Et lorsqu'un ouragan provoque l'apparition de vagues de 30 mètres, avec 900 fois plus d'énergie, vous pouvez facilement comprendre les ravages qu'elles peuvent faire.

Briser les vagues

LES ONDES VOYAGENT à différentes vitesses dans différents milieux. Et l'eau en surface est un milieu différent de l'eau profonde. Les vagues marquent cette différence, parce qu'à mesure que le niveau de l'eau baisse, elles commencent à s'enfoncer dans le sable.

Cela les ralentit, mais le ralentissement est plus prononcé vers le bas, là où se trouve le sable, et a de moins en moins d'effet en allant vers la surface. Le haut de la vague, lui, porte l'onde sans ralentir la vitesse, commence à se déplacer plus vite, précédant le reste de la vague. Il arrive un moment où il se déplace si loin en avant qu'il s'effondre, et la vague se brise.

Passer un angle

L'UN DES EFFETS D'UNE VAGUE se déplaçant depuis l'eau profonde, où elle bouge à une certaine vitesse, jusqu'à une baie où sa vitesse est réduite, c'est que, chaque fois qu'elle va rencontrer la limite entre différentes profondeurs, elle va passer un angle.

Cela se comprend si vous pensez à nos vagues qui se brisent. De la même manière que le haut de la vague n'était pas ralenti autant que le bas, produisant sa cassure, si une partie atteint une eau de surface, elle va ralentir, tandis que la portion en dessous en eau profonde va accélérer, ce qui va provoquer un changement de direction.

Ce phénomène est appelé *réfraction* de la vague. Cela ressemble un peu à la manière dont un bulldozer peut changer de direction en faisant bouger ses trains de chenilles plus vite d'un côté que de l'autre. Si le côté droit va plus vite que le gauche, ce côté du bulldozer va avancer plus vite que le gauche, et le bulldozer va donc tourner à gauche.

Attention au trou

NOUS AVONS DÉJÀ DÉCOUVERT un moyen de dévier les ondes, mais il en existe d'autres.

Un jour de tempête, de grosses vagues se déchaînent et pénètrent le port par le chenal qui fait comme un trou dans son enceinte avant de se répandre partout, faisant gîter tous les bateaux attachés à leurs amarres.

L'une des raisons de ce phénomène est la *réflexion*. Quand une onde d'énergie frappe un mur dur, elle doit rebondir. La vague est renvoyée et revient sur elle-même. Placez un autre surfeur dans un port par temps calme, et vous verrez les ondes qu'il produit rebondir sur les murs et se répandre. Mais si les vagues passent par un trou en forme de goulet dans le mur du port, vous pouvez voir un autre effet d'onde : c'est la *diffraction*. Au lieu que seule la portion de vague qui a frappé le trou pénètre dans le port tandis que le reste de l'eau se tient tranquille autour, la vague se répand un peu au-delà du mur, et ce mouvement fait augmenter la taille de l'onde qui traverse le trou. Plus le trou est petit, plus grand est l'effet.

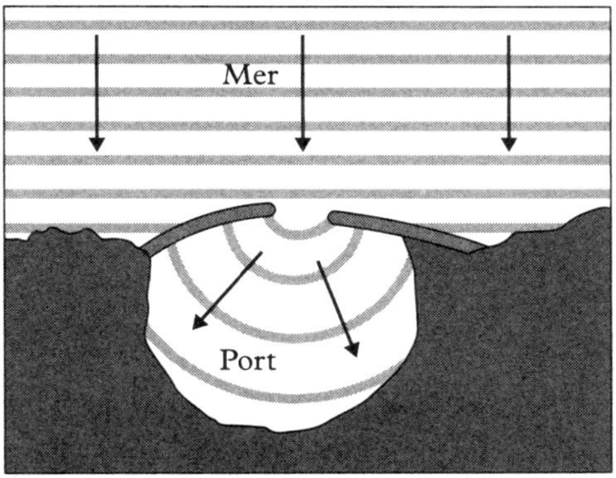

Diffraction des vagues dans un port

Ondes transversales et longitudinales

LES VAGUES SONT DES ONDES *transversales*. Elles impliquent un objet allant vers le haut et vers le bas alors que l'onde se déplace. Si vous regardez la vague sur le côté, vous pouvez voir se former la ligne familière, un peu comme une longue procession de chameaux.

Les ondes *longitudinales*, d'un autre côté, provoquent un mouvement vers l'avant et vers l'arrière dans la même direction que celle du déplacement de l'onde. Mais de la même manière qu'avec les ondes transversales, la matière elle-même ne va pas bien loin : juste en avant et en arrière, pendant que l'onde se transmet en avant.

Même si ces deux types d'onde semblent assez différents, ils présentent les mêmes propriétés que celles que nous avons pu observer. Ces ondes pourront toutes deux se refléter, se réfracter, se diffracter et interférer.

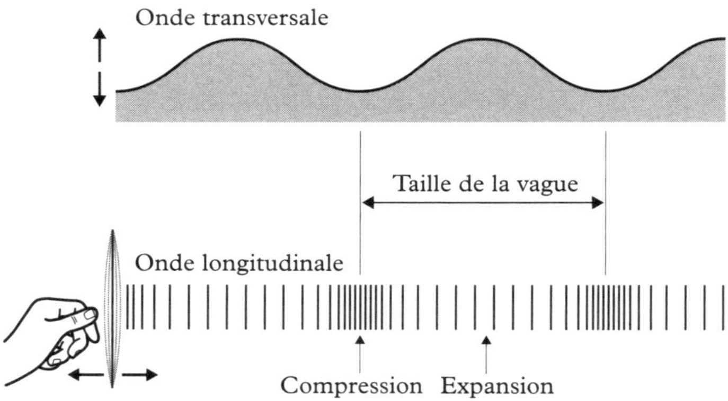

Pensez au son

LE SON EST UN EXEMPLE PARFAIT d'onde longitudinale. Vous pouvez vous imaginer ce qui arrive si vous produisez une note sur votre guitare.

Ding ! Vous voyez ? Votre corde de sol se met à vibrer. Elle se déplace rapidement dans votre direction et s'éloigne à nouveau. Et, alors qu'elle vient vers vous, elle presse les molécules d'air, créant une *compression*.

Ensuite, alors qu'elle repart en arrière, elle presse les molécules dans l'autre sens, laissant l'air de votre côté se libérer rapidement (et bouger ainsi à une pression légèrement inférieure - c'est une *raréfaction* ou *expansion*).

Ensuite, elle revient, et vous avez de nouveau un phénomène de compression (avec une pression légèrement supérieure) : l'air qui se déplace vers vous selon les lois de la conservation de l'énergie et du mouvement permet que la perturbation enregistrée auprès d'une molécule se transmette à la suivante.

Une note mélodieuse

Même si vous n'êtes pas le meilleur guitariste du monde, la vibration régulière de la corde de sol, en avant et en arrière, 196 fois par seconde, va produire une belle note de musique.

Les physiciens pressés n'ont pas le temps de dire « fois par seconde » à chaque occasion où ils parlent de la vibration d'une corde de guitare ou d'une onde qui décrit son cycle complet d'un pic à un autre, ou d'une compression à une autre. Ils parlent plutôt de *fréquence*, qu'ils mesurent en *hertz* (symbole *Hz*).

La corde de sol a une fréquence de 196 Hz ; les surfeurs qui attendent toujours à la surface de l'eau ont une fréquence de 0,1 Hz (c'est-à-dire que, toutes les 10 secondes, ils sont à la pointe d'une nouvelle vague).

Maintenant, si vous pincez cette corde de sol à la moitié de sa longueur, elle vibrera 2 fois plus vite – allant d'arrière en avant 196 x 2 = 392 fois par seconde. Les musiciens sont capables de dire que cette nouvelle note est toujours un sol, mais un sol différent, une octave (qui représente huit notes sur une clé) plus haut.

Voilà les mathématiques et la musique en parfaite harmonie. Si vous divisez la longueur de la corde par deux, vous doublez la fréquence du son.

L'effet Doppler

NOUS AVONS TOUS DÉJÀ REMARQUÉ que les sirènes de la police ou des ambulances ont un son qui semble aller et venir sur un ton différent. C'est à cause de l'effet *Doppler* : un phénomène d'onde baptisé du nom du physicien autrichien qui a ébauché l'hypothèse qui le décrit, bien avant que les sirènes aient été inventées.

Représentez-vous une voiture d'adolescent typique, le genre qui ressemble autant à une sonorisation sur roues qu'à un moyen de transport. Et imaginons que, chaque seconde, elle envoie une impulsion de basse puissante dans votre direction alors que vous êtes assis là, sur la plage, jurant dans votre barbe à propos des jeunes d'aujourd'hui.

Maintenant, disons que cette voiture sonorisée se déplace tellement vers vous que chaque pulsation successive est produite à une distance beaucoup plus proche de votre oreille, si bien qu'elle mettra une demi-seconde de moins à traverser la nouvelle distance entre vous et l'onde précédente.

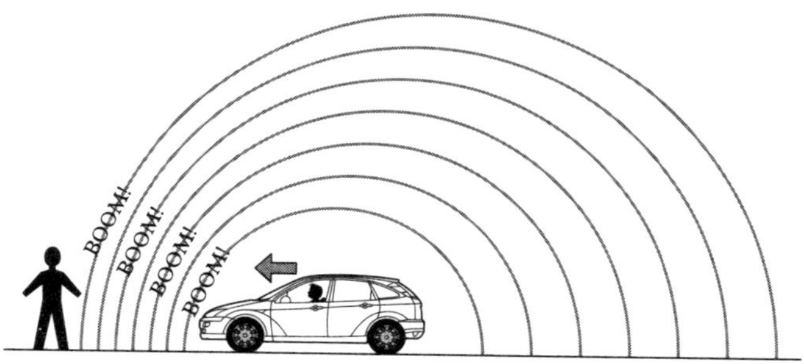

Effet Doppler

Comprenez-vous ce qui se passe ? Au lieu que votre oreille entende un son toutes les secondes, elle en reçoit un toutes les demi-secondes. Cela représente deux fois plus de sons par seconde : ce qui veut dire que vous entendez ce rythme de basse battre deux fois plus vite que ne l'entend le chauffeur de la voiture (et la note vous semblera plus aiguë). De la même manière, après qu'il vous a dépassé, vous entendez le rythme ralentir jusqu'à la moitié de ce que le chauffeur entend (et la tonalité du son sera même plus basse).

MESURER LA VITESSE DU SON

Il est facile de mesurer la vitesse du son : tout ce dont vous avez besoin, c'est un bon gros mur avec beaucoup d'espace vierge près de lui (essayez un immeuble accolé à un champ), d'un chronomètre, d'un opérateur pour le chronomètre et d'un bon sens du rythme.

Mesurez une distance de 100 mètres depuis le mur et tenez-vous à cet endroit. Tapez dans vos mains une fois et attendez l'écho (qui est causé par la réflexion de l'onde sonore sur le mur et son retour jusqu'à vous). Maintenant, tapez à nouveau dans vos mains et tenez un rythme continu : clap, écho, clap, écho.

Donnez le chronomètre à votre assistant, et demandez-lui de mesurer 10 cycles complets clap-écho. Cela prendra probablement 11,66 secondes.

Maintenant, de votre clap jusqu'à ce que vous entendiez l'écho, le son a parcouru 2 x 100 = 200 m. Et parce que votre sens du rythme vous fait attendre la même durée avant de taper encore, c'est comme si le son était allé et revenu encore.

Donc, pendant un cycle clap-écho, le son a parcouru 2 x 200 = 400 m. En 10 cycles, il a parcouru 10 x 400 = 4000 mètres. Donc la vitesse du son est de 4000 / 11,66 = 343 m/s.

Il faut faire une remarque importante à propos de l'effet Doppler : ce que nous entendons dépend du fait que la vitesse du son dans l'air est toujours la même.

Les ondes sonores qui sortent d'un objet se déplaçant rapidement vers vous ne se propagent pas plus vite que celles qui viennent d'une source immobile.

Elles ne sont pas comme des balles lancées en avant depuis une voiture en mouvement.

Ce qui veut dire que la vitesse du son dans l'air est ce que l'on appelle une *constante physique*.

J'entends le tonnerre

343 M/S, C'EST RAPIDE, mais pas si rapide : il faut 3 secondes au son pour parcourir 1 kilomètre, alors que la lumière ne met que 0,000003 seconde pour couvrir la même distance. C'est pourquoi nous sommes habitués à entendre le tonnerre quelques secondes après avoir vu un éclair.

Et c'est aussi la raison pour laquelle dans les grands stades, vous pouvez entendre la voix de l'annonceur de l'autre côté arriver après sa version diffusée par les haut-parleurs près de vous. La vitesse du son dans l'air est plutôt lente parce que l'air, comme vous le savez maintenant, est fait de molécules étendues.

Dans un milieu où les atomes sont beaucoup plus serrés et unis fermement les uns aux autres, comme l'acier, les mouvements d'un atome affectent ses voisins beaucoup plus rapidement.

C'est pourquoi le son se déplace dans l'acier à 6000 m/s. C'est rapide : mais pas du tout aussi rapide que certaines autres ondes dont nous avons pu profiter à la plage.

Les ondes électromagnétiques

Après avoir découvert que l'électricité et le magnétisme étaient liés (voir chapitre 7), dans les années 1860, un mathématicien écossais appelé James Clerk Maxwell créa et publia une série d'équations, connues aujourd'hui comme les équations de Maxwell. Elles montraient comment les charges électriques créent des champs électriques, et comment le courant électrique crée du magnétisme. Ensemble, elles permettaient de décrire comment les champs électriques et magnétiques voyageaient dans l'espace sous forme d'ondes, et comment ils se déplaçaient à la vitesse de la lumière (et combien cette vitesse était rapide).

C'était plutôt impressionnant, mais le point le plus important que dégagent ces équations, c'est que la lumière - la lumière que nous voyons, qui nous transmet tant d'informations du monde – n'est qu'un assemblage d'électricité et de magnétisme.

C'est pourquoi les physiciens appellent la lumière une *onde électromagnétique*.

Pour nous, la lumière est spéciale parce que nous pouvons la voir. Mais elle ne se différencie des autres types d'onde électromagnétique que par sa longueur et sa fréquence. Les ondes radio qui nous apportent la musique, les micro-ondes qui rebondissent dans les fours du même nom pour chauffer les plats, les infrarouges chauffants, les ultraviolets (qui font briller le phosphore), les rayons X (qui nous permettent de voir les os à travers notre corps), et les dangereux rayons gamma sont tous de la même nature. Ce sont des ondes électromagnétiques, comme la lumière.

Les ondes radio basses fréquences commencent à une fréquence de 10 000 cycles par seconde (ou Hz) avec des ondes d'un kilomètre de long ; tandis que les rayons gamma fortement chargés en énergie vont jusqu'à 10^{24} Hz (avec une longueur d'onde minuscule de 10^{-16} m). Entre ces deux extrêmes se situent les fréquences que nous pouvons voir comme différentes couleurs. La lumière rouge a une fréquence de $4{,}4 \times 10^{14}$ Hz ; la bleue a une fréquence de $6{,}4 \times 10^{14}$ Hz.

Plus vous y réfléchissez, plus c'est fascinant. Ça vaut le coup d'être répété : toutes ces formes invisibles de radiations électromagnétiques - qui sont créées par les étoiles, les transmetteurs radio et bien d'autres sources - sont finalement de la même nature que la *lumière visible* (qui est simplement dénommée « lumière » puisque de toute évidence la lumière invisible n'en est pas). Ces radiations invisibles sont présentes partout autour de nous. Même les ondes radio basses fréquences en nous, passant à travers les humains et les murs de briques comme s'il n'y avait rien. (Heureusement, les rayons gamma à ondes courtes, mortellement dangereux, sont quant à eux rapidement stoppés par les objets solides.)

Apprécier les rayons

La lumière se déplace à 288 792 458 m/s dans le vide. C'est très rapide. C'est aussi une constante universelle. Elle va toujours à la même vitesse, où que vous soyez.

C'est pourquoi la longueur d'un mètre est basée sur elle[1]. C'est aussi, comme nous le découvrirons dans les chapitres suivants, une des raisons pour lesquelles Einstein a pu découvrir la relativité restreinte.

1. Au dix-huitième siècle en France, on définit le mètre comme un dix millionième de la distance de l'équateur au pôle Nord. Malheureusement, on s'aperçut plus tard que notre mètre était en réalité faux d'un cinquième de millimètre. Donc, nous avons maintenant à choisir une définition plus pratique : un mètre est la distance que la lumière couvre dans le vide en 1 divisé par 299 792 458 secondes. Ou nous pouvons nous contenter de dire qu'un mètre fait plus ou moins un yard, c'est-à-dire à peu près une grande enjambée.

Pour le moment, nous retiendrons simplement que cette grande vitesse rend plus difficile de caractériser la lumière que le son, ce qui explique pourquoi les physiciens ont longtemps débattu de la nature exacte de la lumière, pour savoir si elle était faite d'ondes ou de particules.

Dans le noir

LES GRECS FURENT LES PREMIERS à créer la confusion. Ils pensaient que quelque chose sortait de nos yeux et allumait ce que nous regardions. Expliquer pourquoi nous ne voyons rien dans le noir était toujours difficile pour eux.

En 1670, Newton affirma que la lumière était faite de particules (ou, comme il les appelait, de *corpuscules*). Cela lui permit d'expliquer la réflexion et le fait que la lumière se déplace en ligne droite et facilement à travers le vide (spécialement pour Newton qui, comme nous l'avons vu, était très doué pour la physique du mouvement).La lumière pouvait maintenant voyager depuis le Soleil, rebondir sur les choses autour de nous et ensuite pénétrer nos yeux. Dans le noir, il n'y avait pas de lumière, et donc rien n'atteignait nos yeux. Mais Newton éprouva des difficultés à expliquer la réfraction et nos autres étranges propriétés ondulatoires.

D'autres scientifiques, incluant le Français René Descartes (l'auteur du célèbre « Je pense, donc je suis ») et le Hollandais Christian Huygens, pensaient que, parce qu'elle pouvait être diffractée et réfractée, la lumière était plus susceptible d'être faite d'ondes.

Le débat fit rage pendant plus d'un siècle, avant qu'un brillant Anglais du nom de Thomas Young, qui parlait 14 langues avant d'avoir 14 ans, n'envisage l'expérience qui prit le nom peu heureux de *fentes de Young*.

La preuve par la frange

YOUNG UTILISA DES ONDES LUMINEUSES d'une seule couleur et *deux* fentes très étroites, un dixième de millimètres chacune, pour que les ondes passent au travers, au lieu d'un seul trou. (L'étroitesse et le rapprochement des fentes sont importants parce que la lumière visible a une longueur d'onde d'environ 0,0005 mm.)

Parce que la lumière passait à travers deux fentes, tout se déroulait comme si Young avait créé deux sources de lumière identiques, mais séparées.

Et quand ces ondes lumineuses se répandaient à travers ces fentes par diffraction, elles interféraient comme c'était le cas pour les vagues, créant des zones où les ondes se renforçaient l'une l'autre, d'autres où elles s'annulaient.

Mieux encore, cette interférence pouvait se voir aisément à l'œil nu. Dans une pièce obscure, les fentes de Young faisaient un motif sur un écran : un point lumineux central, avec des corolles faiblement brillantes (appelées *franges*) s'atténuant progressivement sur les côtés.

Les physiciens peuvent même utiliser la forme de ce motif pour calculer la longueur d'onde de la lumière.

Et nous voilà avec une seule expérience lumineuse, capable d'illustrer deux propriétés des ondes.

Les particules ne pouvant diffracter ou interférer, la pauvre théorie de Newton était réduite à néant. S'il n'avait pas déjà été mort, il aurait été noir de colère.

Des shows lumineux spectaculaires

ICI SUR LA PLAGE, le fait que la lumière soit une onde est évident.

Commençons par les jumelles que vous utilisez pour observer le déploiement de talent des surfeurs attendant les vagues en face de vous. Elles utilisent des lentilles.

Et les lentilles font voir les choses plus grandes en réfractant la lumière pour qu'elle dévie, parce que la lumière se déplace moins vite dans le verre que dans l'air.

Aussi pouvez-vous voir cet arc brillant au-dessus de la vague. (C'est cet arc-en-ciel formé sur les gouttelettes à la surface de l'eau quand le soleil est derrière vous.)

Il est là parce que la lumière blanche qui vient du soleil est constituée de beaucoup de couleurs. Et la lumière de différentes couleurs est réfractée selon différents angles (parce qu'elle a plusieurs longueurs d'onde).

Alors, quand la lumière blanche plonge dans une masse d'eau (et se réfracte), se reflète en quittant cette masse, et la retraverse (et se réfracte encore), cette double réfraction fait qu'elle est tellement découpée qu'un arc-en-ciel apparaît.

La couleur du ciel est aussi un indice de la nature ondulatoire de la lumière. Le ciel est bleu parce que la lumière bleue, qui a une longueur d'onde plus courte que le rouge ou le jaune, est pour cette raison retenue par les molécules d'air étendues dans le ciel. Ainsi, quelle que soit la direction dans laquelle vous regardez (du moment que c'est vers le haut), vous voyez une certaine quantité de cette lumière bleue, et le ciel a l'air bleu. Le plus gros des lumières rouge et jaune atteint directement la surface de la Terre et se reflète ou est absorbé par le sable, la mer et, bien sûr, notre surfeur talentueux.

Mais l'argument décisif pour prouver que la lumière est ondulatoire est celui-ci : vous pouvez faire vous-même votre propre version à une seule fente de l'expérience à deux fentes de Young. Mais nous parlerons de cela dans un moment : regardons d'abord comment la nature ondulatoire de la lumière pourrait nous aider à tous disparaître.

Puis-je devenir invisible ?

En théorie, si vous déviez la lumière autour d'un objet et que vous la remettez droite, cet objet peut devenir invisible. Cet objet sera un peu comme un rocher dans un ruisseau : il suffit de se mettre un peu en aval du rocher dans le ruisseau pour que l'eau reprenne son cours normal et qu'il soit impossible de dire (en regardant le cours d'eau) qu'il *y* avait un rocher plus haut.

La théorie, bien sûr, est une chose ; la pratique en est une autre. Mais en 2006 et en 2009, des équipes de scientifiques aux États-Unis et en Angleterre ont fait la une des journaux lorsqu'elles ont affirmé qu'elles avaient réellement rendu des objets invisibles en utilisant des capes capables de dévier la lumière et composées de « métamatériels » – des substances conçues pour avoir une structure précise, semblable à des cheveux fins ou à de très petits trous, sur une échelle similaire à la longueur d'onde de la lumière.

Cependant, la première « cape » était en réalité un lourd cylindre de métal complètement non invisible qui ne déviait que les micro-ondes. La seconde était presque invisible - mais seulement parce qu'elle était grande d'un centième de millimètre. Et puis une fois encore, elle n'avait aucun effet sur la lumière visible. Elle ne fonctionnait qu'avec les infrarouges. Beaucoup d'autres scientifiques ont alors souligné qu'il était difficile de concevoir comment ce genre de « capes » pourrait fonctionner autrement que pour des longueurs d'onde très spécifiques (et donc des couleurs) de la lumière. Le métamatériel devrait être vraiment intelligent, autrement, comme les gouttes de pluie, il séparerait la lumière blanche en un spectre qui serait dévié de manière différentielle, et vous finiriez par vous cacher derrière un arc-en-ciel.

Donc, pour l'avenir proche, l'invisibilité est hors de portée pour nous, simples mortels (mais vu que 90 % de l'Univers est de toute façon invisible, peut-être n'est-ce pas si grave).

Deux doigts pour allumer les particules

YOUNG AVAIT UTILISÉ DEUX FENTES parce que cela rendait plus visible l'interférence causée par la diffraction. Mais vous pouvez toujours obtenir un motif d'interférence avec une seule fente parce que la lumière venant des différents bords de la fente parcourt des distances différentes et arrive toujours plus ou moins synchronisée. Donc, voici la version praticable de l'expérience.

Vous êtes prêt ? Tenez deux doigts très proches l'un de l'autre pour qu'il n'y ait qu'un espace très fin entre les deux à travers lequel vous pouvez à peine voir. Maintenant, regardez au travers quelque chose de lumineux, comme ce mur blanc (ne regardez pas directement le soleil).

Et ensuite (en raison des lois de la physique et parce que la lumière est une onde), dans l'espace entre vos doigts et courant parallèlement à eux, vont apparaître des faibles lignes sombres d'interférences se neutralisant (« franges sombres »). Vous pouvez voir qu'elles ne sont pas dues à un accident de votre vision si vous séparez délicatement vos doigts et que vous constatez qu'elles disparaissent.

N'est-ce pas fascinant ? Et n'est-il pas encore plus fascinant de penser que la théorie de Newton selon laquelle la lumière était composée de particules a été considérée comme vraie pendant des dizaines d'années ?

Mais il y a une chose encore plus impressionnante : dans le chapitre 9, nous verrons que Newton, en réalité, et en dernier ressort, avait raison. La lumière peut se conduire comme une onde, mais elle *est* faite de particules. Seulement, nous leur donnons maintenant un nom étrange. Nous ne les appelons plus des *corpuscules* (cela sonne comme des maladies affreuses qui auraient pu affecter des alchimistes médiévaux) ; nous les appelons des *photons*.

Mais d'abord, disons au revoir à la physique des ondes, un domaine où la science pure est fascinante, éclairante et aussi très utile.

Découvrir les secrets de la physique des ondes nous a permis d'inventer et d'améliorer les télescopes, les lunettes à vision de nuit et les lasers des lecteurs de DVD et de CD.

Nous avons découvert le spectre entier des ondes électromagnétiques et la place qu'y occupe la lumière. Nous avons pu construire des radiotélescopes, des téléphones mobiles et des machines à rayons X. Nous avons aussi trouvé de nouveaux moyens (comme des insectes qui se ruent sur la nourriture) de nous entretuer avec les rayons gamma.

L'étude du son nous a permis de construire de meilleures salles de concert, des enceintes plus puissantes, et même, si le vacarme se fait trop assourdissant, des casques qui permettent de l'annihiler.

Les ondes sont donc merveilleuses. Et vous ne regarderez sans doute jamais plus le surf de la même manière. Tout ce dont nous avons besoin maintenant est d'un petit quelque chose pour donner de l'énergie à toutes nos inventions...

7

Électricité

Dans ce chapitre, nous traiterons entre autres de l'électricité statique, des batteries, du courant et du voltage, de la loi d'Ohm, de la relation entre électricité et magnétisme, et du courant alterné et continu. Mettez tout cela ensemble et vous obtenez :

a) l'énergie nécessaire à notre monde consumériste et fou de gadgets ;

b) des propriétés physiques très dangereuses.

Aujourd'hui, l'une des formes de l'électricité est régulièrement redécouverte par les clients des grands magasins, qui reçoivent un choc en touchant le bouton métallique de l'ascenseur après avoir passé plusieurs heures à se charger en traînant sur les épais tapis des centres commerciaux (même si c'est un choc modéré par rapport à celui qu'ils ont lorsqu'ils découvrent leurs relevés de compte quelques semaines plus tard).

L'électricité sous toutes ses formes est la mise en mouvement d'une *charge électrique*.

L'EXPÉRIENCE DU CERF-VOLANT DE FRANKLIN

Quand Benjamin Franklin ne complotait pas pour mettre un terme au règne des Anglais sur les États-Unis, ou pour abolir l'esclavage, il n'aimait rien plus que de pratiquer des expériences de physique extrêmement dangereuses, comme celle de faire décoller un cerf-volant sous des nuages d'orage pour collecter leur charge électrique.

Cette charge était conduite jusqu'au sol à travers le fil du cerf-volant, et les étincelles qui sautaient de la clé attachée au bout de cette ficelle montraient que cette électricité était de même nature que l'électricité statique que, longtemps auparavant, les anciens Grecs avaient découverte en observant que leurs bijoux d'ambre attiraient la poussière parce qu'ils se chargeaient en électricité après s'être frottés à leurs vêtements. (En réalité, le mot électricité vient du Grec *elektron*, qui veut dire « ambre ».)

La démonstration de Franklin avec son cerf-volant est tellement risquée que nous ne la tenterons même pas comme expérience de pensée. Mais Franklin était conscient du danger et il n'essaya certainement pas de se livrer à ce petit jeu quand les éclairs zébraient le ciel. En fait, il aurait pu ne jamais faire cette expérience et simplement se contenter de la consigner comme une idée à creuser.

D'autres, comme le physicien Georg Richmann, ont prouvé que ce n'était même pas, en réalité, une bonne idée. Richmann a été tué par un éclair durant le même genre d'expérience.

Et une charge électrique est créée par une chose qui a plus (ou moins) de particules chargées négativement (appelées électrons) qu'elle ne le devrait. (Nous parlerons plus longuement des électrons un peu plus loin.)

Les charges se constituent parce que différents matériaux réagissent de manières différentes aux électrons.

Certains, des tapis par exemple, ont tendance à collecter plus d'électrons s'ils en ont l'occasion et deviennent ainsi négativement chargés. D'autres, comme les chaussures en cuir ou la peau humaine, seraient plutôt portés à se débarrasser des électrons et à se charger positivement.

Les charges électriques qui résultent de ces échanges d'électrons forment l'électricité statique - une électricité qui ne s'échange pas. Mais la charge se remet à circuler quand le pauvre consommateur touche un conducteur électrique, comme le bouton en métal de l'ascenseur.

Ce bref flux de courant est appelé *décharge électrostatique* - la décharge de l'électricité statique. C'est ce qui provoque la (faible !) décharge électrique dont est victime notre client.

Les décharges électriques à travers les structures en métal peuvent bien constituer une hantise pour les chasseurs de bonnes affaires, mais comprendre pourquoi elles se produisent va se révéler très utile. Les connaissances de Benjamin Franklin en matière d'électricité l'ont conduit à inventer le paratonnerre : une pièce de métal capable de récupérer la charge électrique des éclairs jusqu'au sol, l'empêchant de pénétrer dans les grands immeubles en produisant des incendies et des explosions. En ce temps-là, les églises, souvent les plus grands bâtiments que l'on pouvait trouver dans les villes, étaient souvent frappées par la foudre. En fait, on avait fini par dire aux gens qu'ils pouvaient échapper aux orages en allant n'importe où *excepté* dans les églises. Aujourd'hui, les paratonnerres sont communs en haut des grands immeubles, et les bateaux et les avions sont équipés de protection contre la foudre conçue sur le même principe.

L'âge électronique

LES ÉLECTRONS ONT ÉTÉ DÉCOUVERTS en 1896 par le physicien britannique J. J. Thomson. Mais longtemps avant, on savait déjà que, si l'on utilisait une puissante batterie pour doter d'une forte charge négative une pièce de métal à un bout d'un tube ne contenant rien et d'une charge positive similaire à l'autre bout du tube une autre pièce de métal identique, des rayons d'une nature mystérieuse apparaîtraient de la cathode négative à l'anode positive.

Thomson a démontré que ces rayons étaient faits de petites particules 1000 fois plus légères qu'un atome d'hydrogène, et qu'elles étaient les mêmes quelle que soit la nature du métal utilisé pour faire la cathode. Il a fait également la preuve que ces mêmes particules pouvaient être produites en soumettant à la bonne lumière certains types de métaux ou par radioactivité. On a alors fini par appeler ces particules *électrons*.

Mais de nombreux inventeurs n'avaient pas attendu les physiciens pour « découvrir » ce avec quoi ils s'amusaient depuis des années. La première lumière électrique a été mise au point en 1803 par l'inventeur britannique sir Humphrey Davy, et, en 1880, Thomas Edison vendait des ampoules électriques aux États-Unis. Bientôt, les gadgets électriques commencèrent à nous aider dans notre vie quotidienne, pour nous déplacer, nous nourrir, nous habiller et nous laver et… pour répandre la bonne parole à propos des nouvelles formes de gadgets électriques qui pourraient encore être construits dans ce nouveau monde électrique.

QUAND LA VIE VOUS DONNE DES CITRONS, FAITES DES BATTERIES !

Il est assez facile de fabriquer une simple batterie avec des objets du quotidien. Prenez un citron et enfoncez un morceau de zinc près de l'une de ses extrémités (nous utiliserons un clou galvanisé). Plantez un morceau de cuivre (comme une pièce en cuivre) près de l'autre extrémité. Assurez-vous que chaque morceau entre en contact avec la chair du citron, mais ne les faites pas se toucher.

Les deux pièces de métal sont appelées *électrodes*. Ce sont les éléments à travers lesquels le courant électrique se déplacera en allant de l'une à l'autre. L'électrode en zinc (clou) est l'*anode*, ou extrémité négative ; l'électrode en cuivre est la *cathode*, ou extrémité positive. Dans un circuit, les électrons se déplaceront de l'anode négative à la cathode positive.

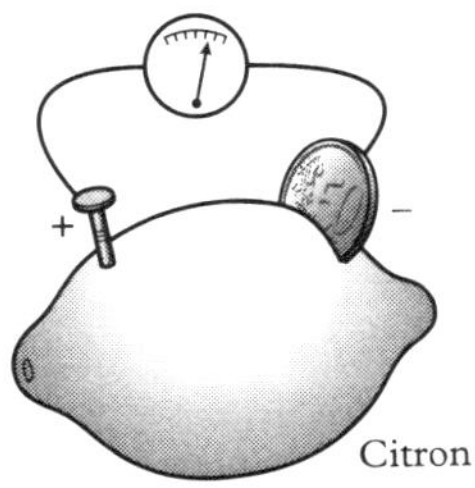

La batterie au citron fonctionne par réaction chimique : l'acidité du citron dissout le zinc, relâchant les électrons à l'anode et la chargeant négativement, pendant que la réaction acide à la cathode absorbe les électrons du cuivre à la cathode, la chargeant positivement. Malheureusement, cette batterie est très faible (l'acide du citron n'est pas très puissant). Si faible, en fait, que pour la voir fonctionner, vous aurez besoin d'un multimètre électrique, ou de fabriquer plusieurs batteries et de les utiliser en même temps pour alimenter un appareil.

Mais n'espérez pas qu'elle puisse illuminer votre existence. Vous auriez besoin de 10 000 citrons pour allumer une lampe torche...

Le seul problème était que tous ces gadgets demandaient une alimentation. L'électricité statique peut servir à électrocuter les amateurs de cerf-volant ou à pousser les clients des grands magasins à se disputer pour savoir qui appellera l'ascenseur, mais c'est seulement quand la charge électrique se déplace le long de conducteurs, des fils de cuivre par exemple, qu'elle s'avère utile.

Ce qu'il fallait, c'était un moyen de contraindre tous ces électrons à bouger et ainsi créer un courant électrique.

L'ère d'Ohm

LES LOIS GOUVERNANT LA PROPAGATION du courant, le voltage et la résistance électrique ont été découvertes en 1820 par un enseignant et physicien allemand appelé Georg Ohm, après que le comte italien Alessandro Volta l'eut mis sur la voie en inventant des batteries rudimentaires semblables à celles qui fonctionnent au citron.

Ohm a découvert que les batteries forcent le courant à parcourir le circuit électrique parce qu'elles appliquent un *voltage*. Le voltage d'une batterie est, en fait, la différence de *potentiel électrique* entre ses électrodes.

Le potentiel électrique n'est qu'une manière sophistiquée d'exprimer la « quantité de charges électriques ». Donc, si vous prenez une batterie fonctionnant au citron et fabriquez les électrodes avec des métaux qui produisent et absorbent les électrons encore mieux que le zinc et le cuivre, votre anode sera plus chargée négativement, et votre cathode encore plus positivement. Il y aura une plus grande différence entre elles en termes de potentiel électrique, et la batterie aura un voltage plus élevé. Bon ! Vous avez compris ?[1]

Le flux d'électrons passant à travers un circuit est appelé *courant* électrique. Un voltage plus élevé, toutes choses égales par ailleurs, signifie plus de courant. Mais comme les électrons n'ont pas réellement envie de courir à travers le circuit - ils étaient plutôt heureux là où ils étaient –, on dit d'un circuit qu'il a une *résistance*. Plus la résistance est élevée, moins il y a de courant qui peut circuler à l'intérieur du circuit.

LA LOI D'OHM

La loi d'Ohm est exprimée dans cette équation :

Courant (mesuré en ampères) =
voltage (volts) / résistance (ohms)

Cette équation dit simplement que vous pouvez calculer la valeur du courant passant à travers un circuit électrique en prenant le voltage utilisé et en le divisant par la résistance du circuit. Un voltage plus élevé voudra dire plus de courant ; plus de résistance le diminuera.

1. Une autre manière d'augmenter le voltage peut être aussi d'utiliser un acide plus puissant que le jus de citron.

Vous pouvez vous figurer le tableau d'ensemble comme étant à peu près équivalent à une roue de vélo, avec la jante et le pneu jouant le rôle des électrons.

Le voltage affiché par la batterie est comme la force développée par les pédales : elle permet à la roue entière de tourner (tous les électrons dans le morceau de cuivre commencent à bouger ensemble, à une vitesse de quelques centimètres par heure). La résistance du circuit est comme votre main que vous utilisez pour ralentir la roue pendant son tour, avec l'énergie rotative de la roue convertie en chaleur par la friction qui va échauffer votre main.

La découverte d'Ohm permit de faire un bond en avant. La loi d'Ohm dit que, si vous doublez le voltage à travers un élément qui résiste au flux de courant (comme le filament d'une ampoule), vous doublez le courant (qui représente la quantité d'électrons présente à l'intérieur du circuit). C'est possible tant que la chaleur de votre circuit n'augmente pas. À ce moment, si vous augmentez encore le courant qui passe à travers le filament d'une ampoule, elle chauffe. Par conséquent, multiplier le voltage par deux ne double pas la quantité de courant.

LA PUISSANCE ÉLECTRIQUE

L'équation pour la puissance électrique est simple :

Puissance (mesurée en watts) =
voltage (volts) x courant (ampères)

Comme dans le cas des autres équations, on peut s'en servir pour calculer l'un ou l'autre terme.

Le courant = puissance/voltage et également, le voltage = puissance/courant.

L'autre point important est la puissance que la batterie délivre à l'ampoule. On la calcule en multipliant le courant par le voltage. Si vous pouvez doubler le voltage et le courant, vous pouvez quadrupler la puissance délivrée à l'ampoule (avant qu'elle n'éclate de toute façon).

Une bonne batterie au citron produira une puissance d'environ un volt. Plantez le clou et la pièce pour fabriquer les électrodes sur le fruit, et cette différence de charge permettra à un courant de circuler. Mais, comme nous l'avons vu, une batterie au citron ne peut produire assez de courant (ou, si l'on veut, de puissance) pour allumer une ampoule.

Elle peut à peine faire bouger les électrons dans le circuit[1]. Une seule pile AA, d'un autre côté, permet de mettre les électrons en mouvement beaucoup plus nettement : elle peut délivrer 1,5 volt et produire assez de courant pour allumer une petite ampoule pendant une demi-journée.

Mais passer quelques heures pendant les soldes à arpenter les tapis des grands magasins dans des chaussures aux semelles en plastique vous dotera d'une charge statique de quelques milliers de volts alors que les électrons seront transférés du tapis jusqu'à vous. C'est un voltage suffisamment important pour provoquer votre propre petit éclair - et une aversion pour le shopping - lorsque vous appuyez nerveusement sur le bouton de l'ascenseur.

Un courant envoyé dans une direction, comme dans ces exemples, est appelé courant direct (DC). Mais alors que les physiciens étudiaient l'électricité et le magnétisme au dix-neuvième siècle, un génie original, appelé Nikola Tesla, originaire de Serbie, mais ayant émigré à New York, découvrit qu'il était plus facile de générer et de distribuer une autre forme

1. Les lecteurs alertes se demandent certainement où se trouve la résistance pour rendre le courant si faible. La réponse est : à l'intérieur de la batterie.

d'électricité, pour laquelle les électrons ne se déplacent pas tout le long d'un circuit, mais avancent et reculent en restant au même endroit, créant un courant alternatif (AC).

Mais auparavant, quelqu'un devait découvrir le lien entre électricité et magnétisme.

Les attractions de l'électricité

EN 1820, le physicien danois Hans Christian Ørsted remarqua que l'aiguille de sa boussole se déplaçait quand le courant électrique qui passait dans un fil non loin d'elle était allumé ou éteint. C'était une découverte très importante. Elle montrait que, de la même manière que les aimants, les courants électriques créent des champs magnétiques.

Donc, par exemple, les conducteurs qui leur livrent le passage peuvent être attirés par certains métaux comme le fer. Ou ils peuvent être au contraire repoussés par d'autres aimants ou conducteurs qui ont la même charge (comme les pôles nord de deux aimants différents se repoussent l'un l'autre).

Ils peuvent aussi faire de jolis motifs avec de la limaille de fer sur une feuille de papier alors qu'ils bougent pour suivre les lignes de force dans un champ magnétique.

L'effet est même plus visible si vous entourez une bobine de fil de cuivre autour d'une courte barre de fer : quand le courant est allumé, la barre de fer est un aimant puissant ; quand il est éteint, le champ magnétique est éteint lui aussi.

Les électroaimants, comme on les appelle, sont très utiles. Par exemple, ce sont eux qui font vibrer les enceintes des haut-parleurs (de cette manière, vous pouvez écouter votre groupe favori et vous rendre sourd dans le même mouvement), et ils servent à écarter les objets contenant du fer des autres déchets ménagers pour permettre leur recyclage.

Le point étonnant, c'est que le mouvement des charges électriques permet en fait d'expliquer tous les phénomènes magnétiques. Les aimants permanents, comme celui qui est dans votre boussole, sont magnétiques à cause de la manière dont les électrons dans l'aiguille s'agitent toujours de manière synchronisée, un peu comme ils le feraient en présence de courant électrique.

LE NORD MAGNÉTIQUE EST UN PÔLE SUD

Le pôle nord d'un aimant est celui qui pointe vers le nord ; il tient son nom du fait que cette région du monde s'appelait déjà le nord. Mais en réalité, le pôle nord d'une boussole est attiré, comme n'importe quel aimant, par le pôle sud. Ce qui est appelé le pôle nord magnétique de la Terre est, en réalité, magnétiquement parlant, le pôle sud. En raison de changements dans la structure du noyau de la Terre, il bouge de 60 km par an du Canada vers la Russie.

Il n'est pas conseillé de faire mention de ce genre de détails quand vous conduisez dans un endroit désert, que vous êtes perdu et que la personne qui s'occupe de trouver la direction n'est pas sûre du sens dans lequel tenir la carte.

Des signes de mouvement

Le fait que les électroaimants puissent faire vibrer les haut-parleurs et attirer les déchets en métal nous permet de déduire que l'électricité peut être utilisée pour créer le mouvement.

En 1821, le grand scientifique anglais Michael Faraday a été le premier à tirer parti du fait qu'un champ magnétique autour d'un conducteur pourrait induire le mouvement dans un autre aimant.

Mais sa démonstration de cet effet requérait que le fil transportant le courant soit plongé dans un bain de mercure très toxique, ce qui en fit une solution peu à même de permettre le développement des moteurs électriques.

Faraday découvrit aussi que le processus fonctionnait également à l'envers. Si vous déplacez un conducteur à travers un champ magnétique, un courant commencera à circuler à travers le conducteur. Ce qui est intéressant, c'est que le plus grand aimant du monde ne produira pas de courant à moins que vous ne le bougiez.

Mais plus vous le ferez avec vivacité, plus le courant *induit* dans le conducteur sera important. Agiter un conducteur (une bobine de fil sera le meilleur choix) dans un champ magnétique est un moyen idéal pour générer de l'électricité.

Toutes ces théories ont aidé de nombreux inventeurs à améliorer les idées de Faraday, jusqu'à ce qu'en 1869, Zénobe Gramme, un ingénieur électricien belge qui avait du mal à lire et à écrire, et ne pouvait résoudre des problèmes de mathématiques, invente la première dynamo qui produisait assez de courant pour être commercialisée. Et quand Gramme a connecté accidentellement l'une de ses dynamos (qui générait de l'électricité) à une autre (qui n'en produisait pas) et découvert que cette dernière se mettait à tourner, il réalisa qu'il venait également d'inventer le premier moteur électrique exploitable.

Bientôt furent construites les premières stations électriques commerciales. Mais l'âge électrique était encore loin. Un homme, Thomas Edison, ralentit le développement de cette ère. Et l'une des raisons pour lesquelles il agit ainsi, c'était qu'il n'était, lui non plus, pas très fort en mathématiques.

Il détenait également un nombre important de brevets et réalisait des bénéfices très élevés grâce au courant direct (DC). Il ne voulait pas que le courant alternatif (AC) vienne mettre à mal sa confortable rente.

Edison a mis au point toute une flopée d'expériences, notamment l'électrocution d'un éléphant, pour convaincre les gens que le courant alternatif était dangereux. Il exploita également les travaux de Nikola Tesla sans lui accorder aucune reconnaissance, ce qui réduisit ce dernier à creuser des trous pour la compagnie d'Edison pendant un certain temps.

Mais Tesla était un génie. Il était très doué en mathématiques (le courant alternatif est bien plus compliqué que le courant continu), et son concept de courant alternatif - particulièrement des moteurs, des générateurs et des systèmes de transmission de l'énergie – a fini par triompher partout dans le monde, même si personne ne voulait mettre sur le marché les rayons de la mort et autres étranges machines qu'il s'était mis à fabriquer au cours de ses dernières années.

Mais quel était l'avantage du courant alternatif ?

AC/DC : seul l'AC est animé par l'esprit du rock !

LE COURANT ALTERNATIF est plus difficile à comprendre que le courant continu parce que son voltage varie sans arrêt de positif à négatif, ce qui fait que le courant va dans un sens, puis dans l'autre. En France, le courant alternatif qui alimente votre maison provoque chez les électrons dans vos fils un mouvement de va-et-vient qui se répète 50 fois par seconde.

Cela rend les calculs compliqués et provoque des effets étonnants. Par exemple, dans un conducteur épais, le courant alternatif ne se déplace qu'à la surface du câble (aussi, les supraconducteurs utilisés dans les stations électriques sont creux d'ordinaire).

Mais le courant alternatif a un avantage énorme sur le courant continu. Parce qu'il change constamment de charge, il est facile de modifier celle-ci grâce à un transformateur, et, comme nous allons le voir, cela le rend beaucoup plus susceptible d'être transporté sur de longues distances, par exemple dans un réseau électrique.

Transformateurs

Un transformateur est un appareil très simple, consistant tout bêtement en deux bobines de fil l'une à côté de l'autre. Le courant alternatif dans la première bobine (appelée primaire) crée un champ magnétique, qui produit un courant électrique dans la deuxième bobine (appelée secondaire). Le nombre de tours dans chaque bobine détermine à quel point le courant et le voltage vont être différents dans la seconde bobine par rapport à ce qui entre dans la première.

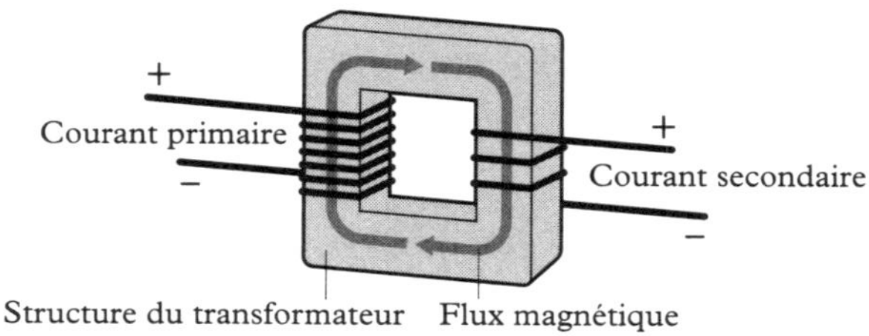

Vous ne pouvez pas utiliser un transformateur avec du courant continu, parce que c'est le changement constant de polarité du courant alternatif qui permet de produire le champ magnétique.

Une fois que votre réseau électrique est équipé en transformateur, vous pouvez utiliser le fait que le courant alternatif de haut voltage (400 000 V) peut traverser de grandes distances sur le territoire de tout un pays avant d'être rabaissé par un transformateur au voltage de 220 V qui équipe nos maisons. Nous utilisons un voltage si élevé dans le réseau que le courant électrique le parcourant réellement est faible.

Rappelez-vous que la puissance électrique est le voltage multiplié par le courant. Donc, pour une quantité donnée de courant, vous pouvez utiliser un voltage faible et beaucoup de courant, ou un voltage très élevé et une quantité très faible de courant, ou n'importe quelle valeur entre les deux. Mais pourquoi est-ce plus pratique que le courant soit faible ?

Revenons à notre expérience imaginaire avec la roue de vélo. Passez une petite vitesse de votre vélo et tournez les pédales, cela revient à peu près à utiliser un voltage élevé pour produire un faible courant.

Placez votre main sur la roue pour jouer le rôle de la résistance. Pas de problème, n'est-ce pas ? Maintenant, passez une vitesse un peu plus élevée - pour produire beaucoup de « courant » avec un « voltage » peu élevé - et essayez à nouveau de mettre votre main. Aïe ! La friction vous brûle.

C'est la même chose avec les câbles électriques. Comme tous les câbles ont une résistance, faites passer un gros flux de courant à travers eux et ils vont chauffer, provoquant une grosse perte d'énergie.

Augmentez le voltage, maintenant. Vous n'avez plus besoin d'autant de courant, et ainsi vous réduisez la perte d'énergie occasionnée par les câbles.

Le réseau électrique devant transmettre une grande quantité d'énergie, de toute évidence, il utilisera de très hauts voltages pour conserver ces courants très bas.

Comment fonctionnent les stations électriques ?

Sous leur forme la plus basique, les stations électriques utilisent une turbine pour convertir l'*énergie cinétique* (l'énergie qui est due au mouvement - par exemple de la vapeur, du vent ou de l'eau) en électricité.

La source d'énergie - que ce soit du pétrole brûlé pour faire de la vapeur, le vent ou l'eau passant à travers un barrage hydroélectrique - entraîne le mouvement de la turbine qui à son tour entraîne un large aimant autour d'une bobine de fil, laquelle, grâce aux lois de l'induction, crée un courant électrique à l'intérieur du fil.

Les stations électriques produisant du courant continu ne pouvaient pas être placées à plus d'un ou deux kilomètres des maisons auxquelles elles fournissaient de l'énergie. Plus loin, elles auraient perdu trop d'énergie dans le transport à travers les câbles. C'était soit cela, soit utiliser un voltage très élevé qui aurait été dangereux dans les maisons. Pour les voltages utilisés dans le réseau (400 000 volts), l'électricité est capable de sauter joyeusement de courtes distances dans les airs.

Donc, le système de Tesla à base de courant alternatif s'est imposé, révolutionnant notre existence. Dès le début du vingtième siècle, vous n'aviez plus besoin d'une machine à vapeur pour chaque pompe, train ou machine.

L'ère électrique venait de débuter.

8

Relativité

Ce chapitre va traiter de la relativité restreinte et générale, les concepts d'Albert Einstein qui ont révolutionné notre manière de comprendre l'Univers. Depuis les premiers travaux de Newton, les hommes pensaient que le monde était net et ordonné, qu'il fonctionnait comme une horloge. Mais Einstein montra que ce n'est qu'une apparence. Si vous regardez plus attentivement, tout est plutôt étrange. C'est la raison pour laquelle les bombes nucléaires font boum et que vous ne pouvez pas aller plus vite que la vitesse de la lumière.

Albert Einstein est né en 1879. Adolescent, il s'est rebellé contre l'administration scolaire. À l'âge de 17 ans, il changea de nationalité pour éviter le service militaire. En 1900, il obtint finalement un diplôme en mathématiques et physique. Mais il ne put obtenir un travail à l'université et devint donc un employé à l'office des brevets. Difficile de déceler le génie à la vue de ce CV, mais Einstein était obstiné. Il savait qu'il avait de bonnes idées et refusait de baisser les bras. Son travail au bureau des brevets lui était utile, parce qu'il pouvait découvrir de nouvelles formes de machines électriques, mais, plus important encore, Einstein était très créatif.

Il savait qu'il devait découvrir une nouvelle manière d'aborder les problèmes que la physique de son époque affrontait. Et même si le travail d'autres physiciens lui avait fourni de nombreuses pistes à explorer, il ne pouvait se contenter d'utiliser des pommes tombant d'un arbre comme l'avait fait Newton.

La physique devait emprunter une nouvelle direction. Et, donc, Einstein faisait (comme nous) de la physique grâce à des expériences de pensée, cherchant des vérités globales et logiques reliées à l'Univers, et essayant de comprendre ce qu'elles impliquaient.

Puis est arrivé 1905, l'année du miracle pour Einstein. Après chaque journée passée au bureau, Einstein retournait chez lui rejoindre sa femme, Mileva, ingénieur chevronné, et son fils d'un an (même s'il admettait volontiers qu'il n'était pas un père et un mari parfait).

Et là, en l'espace de 12 mois à peine, il trouva l'énergie nécessaire pour écrire et publier quatre papiers époustouflants et révolutionnaires concernant la physique.

Et le premier et plus important principe que ces articles présentaient était la *relativité restreinte*.

Vous ne savez pas où vous allez

La relativité n'était pas entièrement l'idée d'Einstein. Par exemple, toute la physique est fondée sur l'idée que toutes ses lois sont valables partout et tout le temps.

Et Galilée avait étendu cette idée pour qu'elle puisse également s'appliquer au mouvement constant.

Au dix-septième siècle, l'Église objecta à Galilée que la Terre ne pouvait pas tourner sur une ellipse à des centaines de kilomètres à l'heure parce que Dieu avait mis l'homme au centre de l'Univers et, si elle tournait à une vitesse aussi élevée, n'importe quelle pomme tomberait vers le bas et vers l'ouest.

En réponse, Galilée proposa aux hommes d'Église d'effectuer un voyage à bord d'un bateau dans une cabine sans fenêtre et de mener à cette occasion une série d'expériences.

Aussi longtemps que le bateau conserverait une vitesse constante, dans n'importe quelle direction, affirmait Galilée, les pommes tomberaient toujours verticalement vers le bas. En fait, dit-il, une fois dans la cabine, il serait impossible de dire dans quelle direction le bateau se dirigerait, de la même manière que nous ne pouvons affirmer dans quel sens la Terre tourne, autrement qu'en regardant les étoiles. D'autres ont alors développé l'idée que les événements sont relatifs à celui qui les observe. Par exemple, ce n'est pas parce que vous êtes à l'autre bout du monde que vous êtes très éloigné de moi. Comme je pourrais très bien être en train de me reposer au coin de la rue, juste à côté de vous, l'éloignement est par conséquent relatif.

C'est une histoire de point de vue

De la même manière, si vous doublez une voiture de police à la vitesse de 10 m/s, vous pourriez vous demander pourquoi les policiers se mettent à vous pourchasser, sirène hurlante, pourquoi vous prenez une grosse amende et perdez immédiatement 3 points sur votre permis de conduire.

Mais, bien sûr, si la voiture de police roulait déjà à 30 m/s quand vous l'avez dépassée, cela veut dire, comme le leur indiquera leur radar, que vous rouliez en fait à 40 m/s (et c'est près de 145 km/h).

LE RÉFÉRENTIEL

Ce qui compte ici, c'est le *référentiel* que la police utilise pour calculer votre vitesse. Scrupuleux comme ils le sont, les policiers choisissent toujours d'utiliser, comme base pour leur calcul, le référentiel selon lequel la route n'est pas en train de bouger. Et ils vont sans doute vous faire passer un alcootest si vous suggérez que, nulle part dans le Code de la route, il n'est fait mention du référentiel utilisé pour calculer la vitesse sur l'autoroute, et que, selon un autre référentiel, à l'intérieur duquel leur voiture n'est pas en mouvement, vous faisiez juste un petit 10 m/s. Ou, bien sûr, selon un autre référentiel pour lequel les étoiles lointaines sont immobiles, vous étiez en train de vous déplacer à 30000 m/s alors que la Terre tournait autour du Soleil.

En physique, au moins, la relativité est… relativement bien admise. Mais cela ne veut pas dire qu'elle ait toujours été l'objet de ce consensus partagé. En 1905, Einstein était sur le point de tordre le cou aux idées de Newton, et de faire de la relativité quelque chose de bien plus intéressant.

Illuminer la voie

ALORS QUE LE DIX-NEUVIÈME SIÈCLE touchait à sa fin, il était devenu clair que la lumière était quelque chose de particulier. Ce n'était pas simplement que personne ne pouvait voir l'éther à travers lequel la lumière était censée se déplacer, et que la vitesse de la lumière (dans le vide) était toujours la même : cette vitesse elle-même était devenue très importante, par exemple parce que de nombreuses équations suggéraient qu'il était impossible de se déplacer plus vite que la lumière. Les scientifiques se mirent alors à chercher plus spécifiquement des preuves de l'existence de cet éther, afin de découvrir comment il pouvait affecter la vitesse de la lumière.

À QUOI PEUT RESSEMBLER L'ÉTHER ?

Tout le monde sait que les ondes se déplacent à travers l'air (et d'autres substances) et que les vagues le font à travers l'eau, mais quel médium la lumière utilise-t-elle pour passer d'un point A à un point B ? Quel est ce milieu invisible – que les physiciens appelaient *éther* – qui nous permet de bénéficier de la lumière et de l'énergie du Soleil ? Vers la fin du dix-neuvième siècle, Albert Michelson et Edward Morley ont passé six ans à construire une structure très complexe pour déterminer la nature de l'éther et répondre à cette question. Ils savaient que la Terre se déplace dans l'espace, tournant rapidement autour du Soleil. Donc, elle devrait logiquement bouger à travers l'éther elle aussi. Dans une direction, en conséquence, la vitesse de la lumière devrait sembler plus rapide (relativement) pour un scientifique positionné sur la Terre, de la même manière que le vent a l'air de souffler plus fort si vous courez contre lui. Et dans l'autre direction, elle devrait sembler plus lente.

Mais quand Michelson et Morley eurent enfin la possibilité de tenter leur expérience compliquée, elle s'avéra un fiasco complet. Ils firent d'autres tentatives, encore et encore, pendant plusieurs années, mais sans plus de succès. Quelle que fût la direction dans laquelle ils choisissaient de regarder, la vitesse de la lumière était exactement la même. Ils n'avaient trouvé aucune preuve de l'existence de l'éther.

C'est alors qu'Einstein osa une hypothèse audacieuse. Il laissa totalement tomber l'idée de l'éther et, se basant sur les travaux d'autres scientifiques, fit de la vitesse constante de la lumière la pièce centrale de la relativité restreinte.

Tout d'abord, il faut bien prendre conscience de la totale étrangeté de cette idée qui met déjà à mal l'univers newtonien que nous connaissons et les jours heureux dans les vergers.

Sortons du bateau de Galilée pour monter dans un train pour notre prochaine expérience. Admettons que ce train se déplace vers l'est à la vitesse de 30 m/s. Mais cela n'a aucune importance pour vous.

Que vous lanciez une pomme en arrière ou en avant, elle s'éloigne de vous à 10 m/s.

Maintenant, comme le bon vieil Albert nous regarde depuis le quai, il voit notre pomme bouger à des vitesses différentes en avant et en arrière.

Relativement à sa position, quand vous lancez une pomme en avant, elle bouge à 30 m/s plus 10 m/s, ce qui nous amène à un énorme 40 m/s. Mais quand vous la lancez en arrière, elle bouge de 10 m/s moins vite que la vitesse du train, c'est-à-dire seulement 20 m/s.

Tout cela est plutôt évident. Mais Einstein a affirmé que la lumière était différente. Si notre pomme, au lieu d'agir comme une pomme, se comportait comme un photon de lumière, peu importerait la direction dans laquelle vous la lanceriez : pour Albert, qui attend toujours son train sur le quai, elle se déplacerait toujours à 30 m/s.

De plus, relativement à vous, chaque photon de lumière que vous lancez vous quitte également à 30 m/s.

Si vous ne comprenez pas cela, ne vous inquiétez pas. C'est assez obscur quand on utilise des pommes. Essayons maintenant avec les petits paquets de lumière que l'on connaît sous le nom de *photons*.

Une longue attente

LE PAUVRE VIEIL ALBERT ATTEND depuis un bon moment sur son quai. Et, comme nous le verrons bientôt, il a découvert que le passage du temps n'est pas un repère aussi fiable que nous le pensons. Si, par exemple, ce quai de gare se trouvait quelque part dans l'espace près d'un trou noir – ou, autrement, dans n'importe quelle gare française intégralement recouverte de neige -, il pourrait attendre là à peu près l'éternité sans voir passer un train.

Donc, proposons-lui plutôt quelque chose de plus utile à faire pendant ce temps : une autre expérience. Nous avons besoin de deux grandes boîtes en verre, chacune d'elles avec deux miroirs à l'intérieur, l'un sur la face du haut et l'autre sur celle du bas. L'une est pour vous, et l'autre, pour Albert. Et dans ces boîtes, rebondissant de manière synchrone entre chaque miroir, chacun de vous a un petit photon de lumière.

Maintenant, si votre train est stoppé sur le quai, et parce que vous et Albert bénéficiez tous deux d'une vue extraordinaire (et impossible), vous pouvez voir les photons rebondir de haut en bas ensemble. Jusqu'ici, c'est très simple. Mais que se passe-t-il si nous essayons de faire la même chose pendant que le train se déplace à 90 % de la vitesse de la lumière ?

Dans le train express

ET NOUS VOILÀ À BORD. (Ne sois pas si enthousiaste, Albert, ce n'est pas ton train.)

Alors que vous regardez votre boîte, votre photon rebondit de haut en bas comme avant. Pas de problème. Mais que voit Albert ? Il voit votre photon bouger en diagonale, dans une série de zigzags. C'est tout à fait logique, puisqu'après avoir quitté le milieu du miroir du bas, le photon vient frapper le milieu du miroir du haut - et que ce miroir (aussi bien que vous et la boîte) s'est déplacé en avant en même temps que le train.

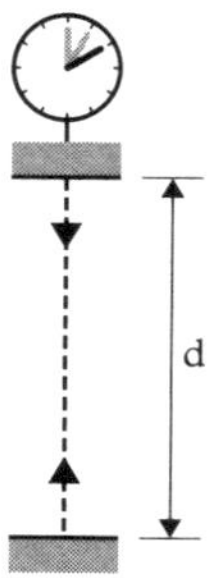

Le mouvement du photon d'Albert alors qu'il est sur le quai.

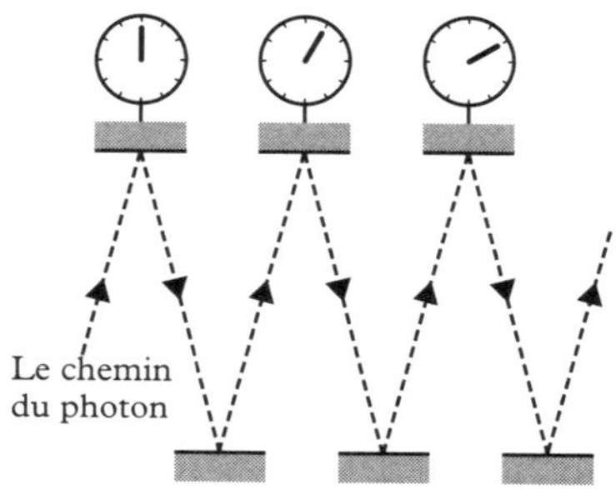

Le mouvement de votre photon perçu par Albert alors que vous bougez

Mais c'est là que cela devient intéressant. Ce chemin en diagonale de votre photon qu'Albert perçoit est comme le grand côté d'un triangle rectangle (parce qu'il est allé vers le haut et le côté). Et, bien sûr, ce long côté est plus long que le chemin que vous voyez emprunté par votre photon, parce que, pour vous, il ne fait qu'aller vers le haut. En fait, si votre train se déplace à 90 % de la vitesse de la lumière, le chemin que voit Albert est presque 2 fois plus long.

C'est à peu près la même chose que ce qui arrivait quand vous lanciez vos pommes à 10 m/s un peu avant.

Si un objet parcourt une distance plus élevée dans la même quantité de temps, il doit nécessairement aller plus vite. Donc si votre photon était une pomme, Albert la verrait simplement bouger plus vite que vous ne la voyez bouger.

Excepté, évidemment, que la lumière ne peut aller plus vite. Et, donc, quelque chose doit bien avoir changé. Et, comme Einstein l'a découvert, ce qui finit par céder, c'est le temps (et, à vrai dire, la distance aussi, mais nous ne nous soucierons que du temps pour le moment, et nous ignorerons le fait que les voyages superrapides vous feraient réduire un petit peu).

Le temps cesse d'être une constante. Parce que vous bougez relativement à Albert, et parce que, quand Albert vous voit, votre lumière doit parcourir une plus grande distance entre chaque bond (et parce qu'elle doit se déplacer à la même vitesse), *le temps doit nécessairement s'écouler plus lentement pour vous que pour lui.*

Bien sûr, vous ne pouvez pas dire que le temps s'écoule plus lentement pour vous. Les aiguilles de votre montre semblent toujours se déplacer à la même vitesse que d'habitude.

Mais, si votre train dépasse Albert à 90 pour cent de la vitesse de la lumière, comme il le voit, chaque fois que votre photon fait *5* bonds dans sa boîte, le sien en fait *10.*

Et cet effet ne se limite pas qu'aux photons. Même du point de vue des lois de la physique (et Einstein en a fait le calcul mathématique), le temps ralentit réellement alors que vous accélérez.

Donc, d'après les calculs d'Einstein, les aiguilles de votre montre se déplaceront moins vite et, s'il pouvait vous voir exécuter une petite danse de joie de la physique synchronisée avec votre photon bondissant, il vous verrait vous déplacer au ralenti.

Même à des vitesses faibles, cela se produit. C'est juste que l'effet est tellement léger qu'il nous est impossible de le détecter. Mais si votre train se déplace à 30 m/s, que vous lancez une pomme à 10 m/s et qu'Albert sur le quai mesure sa vitesse avec son nouvel appareil hyper précis de mesure de la vitesse des pommes (qu'il vient juste d'inventer), il la verra se déplacer à une vitesse légèrement inférieure à 40 m/s.

La relativité restreinte remet en cause de nombreux points de la physique.

Plus vite que la vitesse de la lumière ?

Votre déplacement rapide ralentit le temps relativement à Albert qui se tient immobile sur le quai. Mais, relativement à vous, dans le train, c'est le temps d'Albert qui a ralenti. L'un des résultats de cette confusion est que certaines choses qui ont l'air de se dérouler en même temps pour votre vision auront l'air de se dérouler à deux moments différents pour Albert.

Mais attendez une minute, allez-vous me dire. Tout cela est basé sur l'idée qu'on ne peut pas aller plus vite que la vitesse de la lumière. Mais qui dit qu'on ne peut pas voyager plus vite qu'elle ? Dans votre expérience, vous avez construit une navette superpuissante. Et vous voilà, vous propulsant dans l'espace. Qu'est-ce qui vous empêche d'aller de plus en plus vite, jusqu'à la vitesse de la lumière et au-delà ?

L'une des manières de comprendre ce qui se passe est de jeter un coup d'œil à l'énergie cinétique, celle qu'un objet emmagasine en raison de son mouvement. L'énergie cinétique est proportionnelle à la masse d'un objet et à sa vitesse au carré.

Selon la relativité, plus vous allez vite, plus il devient difficile d'aller encore plus vite. Mais vous continuez d'ajouter de l'énergie cinétique avec toute cette puissance que vous utilisez.

Si votre énergie cinétique augmente, mais que votre vitesse reste constante, votre masse doit s'élever.

À petites vitesses, ce qui veut dire, au regard de la relativité, des vitesses inférieures à un tiers de la vitesse de la lumière (qui, vous ne l'avez pas oublié, est proche des 300 000 000 m/s), il est quasi impossible de percevoir cet effet. Mais alors que la vitesse de votre navette augmente au-dessus de 100 000 000 m/s (ce qui est beaucoup, beaucoup plus rapide que n'importe quel humain n'a jamais voyagé), toute la poussée que vous allez ajouter va juste rendre votre navette plus lourde, de plus en plus lourde, et de plus en plus difficile à propulser. C'est pourquoi vous, moi et Albert ne pourrons jamais voyager plus vite que la vitesse de la lumière, même lors d'une expérience de pensée.

LA FAMEUSE ÉQUATION

L'équation qui nous apprend comment l'énergie et la masse sont reliées - et combien d'énergie est dissimulée dans tous les objets solides autour de nous - est la formule la plus fameuse de toute l'histoire de la physique. Einstein l'a découverte en 1905 :

Énergie = masse x vitesse de la lumière au carré
ou, comme il est plus commun de la poser :
$E = mc^2$

Un nouveau pouvoir mortel

UNE FOIS QUE VOUS AVEZ DÉCOUVERT $E = MC^2$, il est évident que tout ce dont vous avez besoin est un moyen de convertir directement une masse en énergie. Vous aurez une énorme quantité d'énergie (parce que la vitesse de la lumière est très grande) pour une toute petite quantité de matière.

Nous pourrions arrêter de pomper du pétrole, d'extraire du charbon et de réchauffer la planète, et nous aurions autant d'énergie que nous le souhaiterions, parce que nous pouvons toujours nous séparer d'un petit peu de poids – en particulier dans la zone autour de la taille.

Malheureusement, contrôler la conversion de la masse en énergie est délicat, notamment parce que lorsque vous trouvez un moyen de lancer le processus, une bonne partie de cette énergie a tendance à se présenter sous la forme de dangereuses radiations, et le résultat est extrêmement explosif ! Ce n'est pas un problème pour les bombes nucléaires, parce que des explosions énormes et des radiations mortelles permettent d'en faire des armes terrifiantes. Mais si vous construisez une centrale nucléaire, il est vital de contrôler l'énergie et les radiations qui y sont produites.

La bombe qui a été lancée sur Nagasaki à la fin de la Seconde Guerre mondiale a converti à peine un gramme de masse en énergie. Elle a tué 40 000 personnes immédiatement, et, lors des mois qui ont suivi, 40 000 autres sont mortes des suites de leurs blessures ou des radiations émises.

Dans les années d'après-guerre, bien des victimes se sont ajoutées suite à toutes les maladies causées par les radiations.

Flotter ou tomber, c'est la même chose

FORMULER LA RELATIVITÉ RESTREINTE (et les autres découvertes d'Einstein en 1905 dont on parlera dans le chapitre suivant) aurait été largement suffisant pour la plupart des scientifiques. Mais Einstein n'était pas satisfait.

En 1907, il faisait des progrès concernant une nouvelle forme de relativité, plus globale, qui incluait la gravité. Il l'appela *relativité générale*.

Newton avait fait une découverte formidable avec la gravité. Il avait utilisé le mouvement des planètes pour mettre au point des descriptions mathématiques de la gravité qui sont toujours en usage de nos jours.

Et il réalisa que la force de gravité était universelle. De la même manière qu'elle faisait tomber une pomme vers la Terre, elle faisait tomber la Lune vers la Terre (la Lune ne s'écrase pas sur notre globe parce qu'elle se déplace rapidement et finit par tourner en rond autour de lui). De la même manière, la Terre et les autres planètes du système solaire tombent vers le Soleil, mais restent en équilibre en tournant autour de lui.

Mais ce qu'Einstein réalisa avec ses expériences (il publia un article en 1916 qui résuma tout son cheminement), c'est qu'il n'y a pas de différence entre ce que la Lune ou un parachutiste ressentent dans leur chute libre, et ce que vous éprouveriez si on vous mettait dans une combinaison spatiale et on vous envoyait au bout de la galaxie dans l'espace vide, où la gravité est très, très faible. (Excepté que, bien sûr, si vous êtes seul dans l'espace au-delà de notre galaxie, vous serez peut-être un peu inquiet à l'idée de savoir comment vous allez pouvoir revenir sur Terre, étant donné que vous ne pouvez pas voyager plus vite que la lumière et que même si vous pouviez égaler sa vitesse, il vous faudrait 30 000 ans pour rejoindre notre planète.) La similarité entre la chute libre et le fait de flotter dans l'espace, là où il n'y a pas de gravité devient limpide si nous ignorons l'effet de la résistance de l'air et nous considérons ce qui arrive à des pommes qu'un parachutiste (ou vous dans l'espace) laisserait tomber. Elles semblent rester en équilibre là où vous les avez lâchées. Si vous (ou le parachutiste) leur donnez une poussée, elles continueront dans la direction de la poussée qu'elles ont reçue. Donc, ce que réalisa Einstein, c'est que, lorsque vous êtes en chute libre et que vous accélérez à cause de la gravité, il vous est impossible de ressentir les effets de la gravité. Elle ne vous affecte plus du tout.

Et il trouva alors une nouvelle expérience.

S'asseoir, c'est comme décoller

QUELLE EST LA DIFFÉRENCE, se demandait Einstein, entre s'asseoir dans une chaise confortable dans la cabine sans hublot du bateau de Galilée (qui est amarré au port) et s'asseoir dans la même chaise confortable dans une cabine similaire sans hublot, mais dans un vaisseau spatial accélérant à 9,8 m/s^2 alors que vous commencez ce voyage long de 30 000 années-lumière pour revenir du fin fond de la galaxie ? (Vous avez choisi de faire accélérer votre vaisseau à 9,8 m/s^2 parce que c'est la même accélération que celle que la gravité de la Terre génère sur les pommes qui tombent et tout le reste.)

Et la différence que découvrit Einstein est *qu'il n'y a aucune différence* que l'on puisse mesurer. Par exemple, dans les deux cas, si vous quittez cette chaise confortable et que vous vous pesez sur une balance, vous vous rendrez compte que vous avez le même poids. Et une pomme que vous laissez tomber des deux endroits subira exactement la même accélération de 9,8 m/s^2. Einstein expliqua cet énoncé grâce à des équations mathématiques très compliquées, mais vous aurez une assez bonne idée de ses résultats quand vous aurez compris que la masse, au lieu de créer une force invisible qui s'appelle la gravité, fait en réalité se courber l'espace et le temps. Chaque objet dans le monde courbe l'espace et le temps. Les plus gros objets les courbent plus, et ces courbures sont comme des dépressions autour des objets qui les créent. La courbure de l'espace et du temps - les dépressions, comme nous les appelons - provoque le mouvement d'autres objets (comme s'ils étaient propulsés par un moteur) parce qu'ils s'enfoncent dans cette courbure.

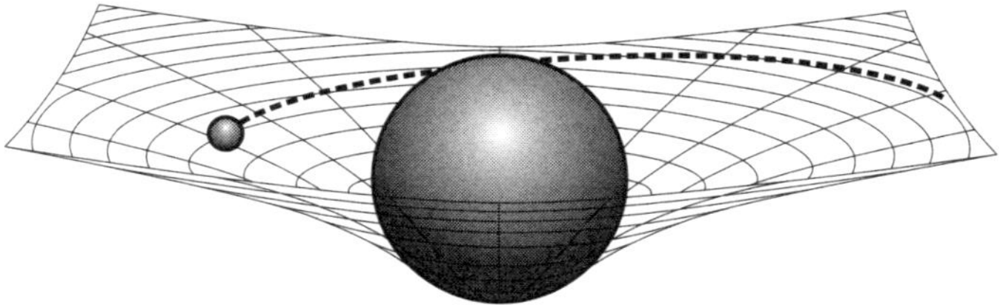

Comment l'espace est incurvé par un objet massif

Tomber dans son lit

UNE BONNE MANIÈRE DE SE REPRÉSENTER la courbure de l'espace et du temps, et le mouvement qu'elle provoque, est de penser l'espace comme un vieux matelas posé sur un lit, du genre de ceux qui s'affaissent beaucoup quand on s'allonge dessus. Quiconque va s'allonger sur ce lit avec vous va entrer dans votre champ gravitationnel (qui est le morceau d'espace et de temps, c'est-à-dire de matelas, que vous avez incurvé). Une fois que cette personne entre dans cette zone courbée, elle va glisser vers votre dépression et vous serez bientôt deux dans ce creux. Avec ces masses additionnées, le champ gravitationnel que vous allez créer va être encore plus profond et plus difficile à éviter qu'avant.

Si vos deux enfants, le chien et grand-mère s'installent eux aussi sur le lit et s'enfoncent dans la dépression que vous avez creusée, vous avez ainsi réussi à créer ensemble votre propre trou noir : une zone de l'espace et du temps si recourbée par une masse énorme et compacte qu'il est impossible pour quoi que ce soit - même la lumière – d'échapper à sa gravité.

Je n'y crois pas !

NOMBREUX ONT ÉTÉ LES SCIENTIFIQUES en ce début de vingtième siècle à partager votre défiance pour cette théorie. Après Einstein, plus rien ne ressemblait à ce qui était admis auparavant.

Dans les formules mathématiques d'Einstein, au lieu que l'espace et le temps soient... l'espace et le temps, ils sont juste de simples aspects d'un seul système courbe à quatre dimensions qui inclut nos trois dimensions habituelles (haut/bas, gauche/droite, et dedans/dehors) auxquelles on ajoute le temps. Le système absorbe aussi la force de gravité. Alors, au lieu qu'elle soit en orbite autour de la Terre en raison de l'attraction terrestre, la Lune (pour autant qu'elle est concernée) ne ressent aucune force qui s'applique à elle et continue son chemin en ligne droite. C'est juste que, comme l'espace et le temps sont incurvés par la gravité, cette belle ligne droite prend en réalité une forme circulaire.

La masse, malgré tout le poids qu'elle représente, n'est plus vraiment une donnée solide, fiable, ou nécessairement si lourde. La masse, l'énergie et - comme on le découvre - le mouvement sont simplement trois manières différentes de considérer la même chose. Ces trois formes (et, pour rendre les choses plus compliquées, les quantités relatives de pression interne et de tension) sont des sources de gravité.

Nous avons vu déjà comment le fait d'aller vite vous rendait plus lourd. C'est également le cas lorsque vous êtes chargé en énergie ou soumis à une forte pression. C'est presque comme si vous faisiez un régime, convertissiez tout votre excès de poids en énergie et en un surcroît de pression sanguine, et découvriez que, parce que l'énergie et la pression ont une masse, vous avez exactement le même poids qu'avant que vous preniez cet abonnement hors de prix à la salle de gym. Oui, c'est compliqué et contre-intuitif, et certaines personnes n'ont pas du tout aimé, mais les prédictions que la théorie d'Einstein a permis de faire (et la manière dont elles sont confirmées par toutes les mesures et les expérimentations) s'avèrent tout à fait remarquables. De ce fait, elle doit tout simplement être vraie.

Courber la lumière des étoiles

La loi de Newton sur la gravité affirmait que les planètes décrivaient autour du Soleil des ellipses parfaites et immuables.

Mais la relativité générale permettait au contraire de prédire que ces ellipses elles-mêmes opéreraient un mouvement lent de rotation autour du Soleil. Cet effet a été constaté concernant l'orbite de Mercure avant qu'Einstein ne l'explique, et, peu après qu'il eut publié sa nouvelle théorie, des astronomes ont été en mesure de confirmer que toutes les planètes dans le système solaire avaient des orbites relativistes.

Ce n'était que le début de la démonstration de la justesse de la théorie. Einstein avait prédit que les champs gravitationnels intenses étaient capables de courber la lumière. Quand, en 1919, la déflexion a été enfin mesurée, Einstein devint une star internationale et un pilier de la culture populaire.

Un bon nombre des théories alternatives proposées par d'autres éminents scientifiques furent alors abandonnées pour de bon.

La relativité générale prédit également que la gravité - comme le mouvement dans le cadre de la relativité restreinte - affecte le passage du temps. Plus le champ gravitationnel autour de vous sera intense, plus le temps passera lentement pour vous.

Une fois encore, il ne s'agit pas de dire que les aiguilles de votre montre vont se déplacer moins vite - même si ce sera le cas -, mais de montrer que le temps pour vous passera vraiment moins vite que pour quelqu'un qui sera soumis à une gravité moins grande.

Le temps passé dans un champ gravitationnel intense est en quelque sorte comparable à celui passé dans un bar à faire de la physique sur une table de billard.

Vous pensez que vous êtes resté à peine une demi-heure, en y passant juste assez de temps pour terminer votre expérience et finir votre pinte, mais quand vous vous retrouvez dehors, vous vous apercevez qu'il est plus de six heures, qu'il fait nuit, froid, et que votre dîner a sans doute été donné au chien.

La relativité générale et le GPS

La manière étonnante dont la gravité affecte le temps a été largement démontrée.

Par exemple, comparé au temps interminable lorsque vous êtes bloqué dans les embouteillages, le temps passe littéralement plus vite (parce que la gravité est plus faible) dans les satellites GPS qui décrivent une orbite autour de la Terre et permettent à votre système de navigation de récolter des données.

Les systèmes GPS observent un minutage très précis parce que les satellites sont conçus pour prendre la physique en compte.

Sur Terre (avant leur lancement), le temps passe 39 microsecondes moins vite pour eux que pour les horloges terrestres. Alors, quand ils sont en orbite, les deux temps s'écoulent exactement à la même vitesse.

Trous noirs et big bang

En même temps qu'elle permettait de faire les prédictions que nous avons vues, la relativité générale s'avéra particulièrement adaptée pour comprendre l'Univers dans sa globalité.

Elle révolutionna la cosmologie et l'astrophysique, les sciences qui essayent d'expliquer l'Univers dans son ensemble et comment il est apparu.

Par exemple, la relativité générale est une des bases de la théorie affirmant que l'Univers est né du big bang.

Elle a permis également de déterminer l'existence des trous noirs longtemps avant que la technologie nécessaire pour les détecter fût à notre disposition.

Un trou noir est une zone (à l'intérieur de laquelle une étoile – ou même plusieurs d'entre elles, compressées les unes avec les autres – s'est effondrée sur elle-même) où une force gravitationnelle intense ralentit tellement le temps que, si vous étiez en train de chuter vers l'un d'eux, on vous verrait vous déplacer de plus en plus lentement alors que vous vous approcheriez de ce qu'on appelle l'*horizon*.

Mais, même si l'on regardait pendant une éternité, on ne vous verrait jamais vraiment franchir la ligne et tomber réellement dans le trou noir. La lumière qui s'échapperait de vous commencerait à lentement s'affadir et à changer. Elle se décalerait en fait vers le rouge, comme si vous étiez en train de vous déplacer très rapidement (voir pages 135-136).

Un rapide plongeon à l'intérieur d'un trou noir vous offrirait le moyen de prendre une petite pause et de revenir dans quelques milliers d'années. Rappelez-vous : la relativité dit que vous ne pouvez pas voir le temps accélérer ou ralentir par vous-même. Et alors ?... Nous ne sommes pas très sûrs de ce qui se passerait vraiment dans ce cas-là. Mais avec toute cette gravité, il y a des risques que ce soit une expérience douloureuse.

Newton contre Einstein

Dans l'ensemble, les théories d'Einstein sur la relativité ont montré que les lois découvertes par Newton et bien d'autres physiciens étaient en fait *presque* justes.

Et en physique, *presque* juste est, en réalité, faux.

Peu importe, on ne peut pas enlever à Newton d'être à l'origine de la physique moderne. Le système de Newton décrivait le comportement du cosmos dans son ensemble. Alors que d'autres avant lui avaient mis en place de grands schémas explicatifs, Newton était différent.

Ses théories s'appuyaient sur les mathématiques. Elles permettaient de faire des prédictions précises qui étaient confirmées par des expériences factuelles.

En un sens, Newton a eu de la veine : il a pu faire une forte impression parce qu'il était le premier. En un sens, le fait que nous ayons maintenant de meilleures versions de ces lois presque justes importe peu. Les ingénieurs et autres scientifiques sont tout à fait satisfaits de ces règles presque justes. Les lois de Newton, ainsi qu'une partie des mathématiques qu'il a utilisées, sont encore mises en pratique très régulièrement.

À moins que vous voyagiez à une vitesse supérieure à environ le tiers de celle de la lumière, ou que votre taille diminue pour avoisiner celle d'un atome, les lois de Newton couvrent à peu près tous les mouvements : courses, sauts, lancers et coups que vous pouvez être capable de produire. Là où elles sont mises en défaut, c'est quand on veut comprendre ce qui fait tourner l'Univers et les secrets de ses origines.

De ce point de vue, après 1905, toute la physique fut complètement chamboulée (même s'il a fallu de nombreuses années à certains physiciens pour accepter ces nouvelles idées alors que d'autres ne s'y sont jamais faits).

Le règne de Newton comme roi des génies de la physique toutes périodes confondues était terminé. Il ne pouvait concurrencer Einstein, un homme qui a changé presque nonchalamment notre manière de penser l'espace et le temps.

Et tout spécialement lorsque, comme nous allons le découvrir maintenant, il se mit en tête de vouloir transformer également notre perception de la matière et des atomes.

9

La physique quantique

Dans les premières décennies du vingtième siècle, les physiciens ont fait de grandes avancées dans la compréhension de la lumière et des atomes. Einstein était celui qui les avait rendues possibles, mais cette fois, il avait été aidé par une poignée d'hommes et de femmes brillants qui ont permis de comprendre que le monde est incroyablement bizarre : les éléments ont des empreintes digitales, l'énergie se transmet par blocs indivisibles, la lumière est à la fois une onde et une particule, et certaines choses peuvent être à deux endroits en même temps.

Au début du vingtième siècle, la physique était en crise. La vitesse de la lumière était un gros problème. Mais il y en avait également un petit tout aussi irritant : l'atome. Les chimistes avaient réussi à apporter des preuves concluantes de l'existence des atomes. Et à température ambiante, comme nous l'avons vu dans le chapitre 5, les lois de Newton pouvaient s'appliquer à une bonne proportion des atomes et des molécules pour prédire le comportement des gaz et des solides.

Mais tout au long du dix-neuvième siècle, des physiciens avaient mis en évidence des zones où la combinaison des lois de Newton et de la théorie cinétique de la matière (qui affirmait qu'elle était faite de petites particules appelées atomes ou molécules) ne fonctionnait pas. Par exemple, cette combinaison prédisait que, si votre siège de toilette était vraiment froid (autour du zéro absolu), sa capacité thermique spécifique serait si basse qu'il se réchaufferait instantanément si vous vous asseyiez dessus. Même ceux d'entre nous qui ne possèdent pas de housse de lunette des W.-C. en poil rose savent que ça ne peut pas être vrai. Ces problèmes ont amené de nombreuses personnes à penser que les atomes étaient une illusion. Le leader des sceptiques était un physicien autrichien, Ernst Mach. Il arguait tout simplement que, puisque les atomes ne pouvaient être vus, ils n'existaient pas. Pour lui, ils ne représentaient pas plus qu'une idée occasionnellement utile.

Mais Mach avait tort. Les arguments malicieux et les philosophies sophistiquées ne sont rien face à la physique et aux expériences. Ils ne faisaient certainement pas le poids contre Albert Einstein. Dans ce qui a fini par s'appeler la physique quantique, Einstein réussit à se surpasser. Certaines des idées à propos des atomes et de la lumière que lui et une poignée d'autres scientifiques vraiment brillants ont ébauchées étaient si étranges qu'Einstein lui-même n'a jamais réellement pu en faire le tour. Pensant que sa théorie s'était tellement éloignée du sens commun qu'elle ne représentait qu'une étape vers quelque chose de plus logique, il passa de nombreuses années à rechercher sans succès la clé vers cette nouvelle avancée.

Donc, ne vous inquiétez pas trop si ce que nous aborderons dans les prochaines pages vous semble un petit peu bizarre.

Vous ne pouvez pas être sérieux

EINSTEIN ÉTAIT RÉALISTE. Il pensait qu'il devait y avoir une théorie unique capable de prouver l'existence des atomes et de prédire avec précision la manière dont un groupe d'entre eux se comporterait.

Cet immense génie avait la puissance intellectuelle nécessaire pour commencer à mettre au point cette théorie.

Tous les articles de 1905 qu'Einstein publia dans la revue scientifique allemande *Annalen der Physik* provoquèrent des discussions et des controverses.

Dans le second article de la série, Einstein prouva mathématiquement le mouvement brownien. Dans le troisième, il énonça sa théorie de la relativité.

Dans le quatrième, il établit que masse et énergie étaient liées par la célèbre équation $E = mc^2$, et ouvrit alors la voie aux bombes nucléaires.

Mais ce fut le premier article d'Einstein en 1905 qui choqua le plus la communauté des physiciens à travers le monde. Il avait un titre un peu ronflant : « À propos d'un point de vue heuristique [c'est-à-dire exploratoire] concernant la production et la transformation de la lumière ». Un titre mettant en évidence le fait que même Einstein n'était pas tout à fait convaincu par son propre raisonnement. Dans cet article, il avança l'hypothèse révolutionnaire que la lumière peut être deux choses différentes et contradictoires en même temps.

N'ouvrez pas ce four, ça va vous tuer

EN 1900, UN COUPLE DE PHYSICIENS britanniques réalisa que, selon les lois de la physique, si vous ouvrez un four chauffé pour regarder à l'intérieur, vous devriez être immédiatement brûlé à mort par l'intensité de la lumière ultraviolette qui s'en dégagerait.

C'était de toute évidence faux, et l'article d'Einstein en 1905 s'attela à expliquer pourquoi.

Les corps noirs

Un corps noir est un terme de physique désignant un objet qui absorbe complètement les fréquences des radiations électromagnétiques (par exemple, il absorbe la lumière, c'est pourquoi il semble noir).

Les corps noirs existent seulement dans les expériences de pensée (même si les fours chauffés et les ampoules se conduisent plus ou moins comme eux), mais considérer leurs propriétés virtuelles permet de faire les calculs qui nous aident à déterminer des données comme la température des étoiles.

Si vous touchez un corps noir, il émettra également des radiations. Et alors qu'il deviendra plus chaud, ces radiations seront émises à des fréquences de plus en plus élevées. Ainsi, à 800 °C, un corps noir brille d'une lumière rouge ; à 3000 °C, en jaune ; et à 6000 °C, il sera chauffé à blanc.

Vous pouvez voir le même effet se produire avec une ampoule halogène dotée d'un variateur d'intensité, parce que le filament agit alors comme un corps noir. Pour une puissance faible, la lumière émanant de l'ampoule paraîtra rougeâtre.

Augmentez doucement l'alimentation, et alors que l'ampoule va s'échauffer, la lumière va devenir orange, puis jaune, et éventuellement pousser jusqu'au blanc à pleine puissance.

Le seul problème était que son explication semblait presque plus improbable que le paradoxe qu'elle était censée résoudre. Il a fallu près de 20 ans avant que la majorité des scientifiques finisse par l'accepter.

La plus grosse difficulté pour eux était que la nouvelle théorie d'Einstein suggérait que la lumière (et toutes les autres radiations électromagnétiques) était à la fois une onde et une particule.

Pour un pragmatique, c'était une idée terrible : parce que les ondes ont des propriétés ondulatoires (comme passer les unes à travers les autres sans que cela les perturbe) et que les particules font des arts martiaux sur les tables de billard.

C'était une affirmation aussi choquante pour les physiciens que si on leur avait dit : « Je viens de découvrir une théorie qui permet d'affirmer qu'une chose peut se trouver à deux endroits en même temps. » Il n'est pas difficile de comprendre qu'un grand nombre d'entre eux ait rejeté violemment cette nouvelle idée.

Des blocs d'énergie

Il est somme toute logique que les objets plus chauds produisent une lumière plus intense, parce que, comme nous le savons, ils sont alors dotés de plus d'énergie. Donc une ampoule de 100 watts est plus brillante qu'une de 40.

Mais pourquoi les radiations ne s'échappent-elles pas du corps noir à quantités égales à toutes les fréquences, ce qui ferait que, pour nos yeux, il aurait toujours l'air blanc, qu'il soit sombre ou pas ?

Comment se fait-il qu'à des températures plus basses, les radiations basse fréquence soient plus communes, ce qui fait que les corps noirs semblent rouges ?

L'homme qui réussit à trouver la réponse à cette question - permettant ainsi de comprendre pourquoi les fours ne devenaient pas infiniment chauds - était un physicien allemand, Max Planck. Il avait compris que le seul moyen de trouver une solution mathématique à ce problème était de supposer que l'énergie vibratoire terminale des atomes ne pouvait être relâchée que sous la forme de blocs de certaines tailles, et qu'à des fréquences plus élevées, ces blocs auraient plus d'énergie, parce que les radiations électromagnétiques haute fréquence transportent plus d'énergie.

La constante de Planck

Planck découvrit également que la taille de ces petits blocs est donnée par l'opération consistant à multiplier la fréquence de la lumière par un très petit nombre, formule qui a finalement été appelée constante de Planck.

(Les physiciens l'écrivent $E = h\, v$.)

La constante de Planck est habituellement représentée par le symbole *h*, et sa valeur est 0,00 0000000000000000000000000000006626 joule seconde (plus communément écrite 6,626 x 10^{-34} joules seconde).

La conséquence de la découverte de Planck est que si vous avez une quantité d'énergie lumineuse et que vous la divisez constamment par deux, vous arriverez finalement à une petite quantité d'énergie qui ne pourra plus être divisée une nouvelle fois. Planck appelait ce petit bloc d'énergie un *quantum*.

Pour de hautes fréquences, ces blocs deviennent plus gros, parce que la fréquence des radiations devient plus élevée.

C'est encore plus révélateur pour la lumière visible : la lumière violette, la plus profonde que nous puissions voir, a le double de la fréquence du rouge le plus sombre. Donc, les blocs de lumière violette ont le double de l'énergie de ceux de lumière rouge. Une fois que vous savez cela, il est évident que, à moins que notre corps noir (notre four ou notre filament) ne soit très chaud, une très petite quantité seulement des atomes échauffés qui le constituent vont avoir suffisamment d'énergie pour faire de la lumière bleue. La lumière rouge est par conséquent plus commune. (Rappelez-vous que les atomes dans votre corps noir chauffé portent différentes quantités d'énergie ; mais c'est la quantité moyenne d'énergie de tous les atomes qui donne au corps sa température.)

En inventant l'idée de quantum, Planck apportait une explication partielle à la raison pour laquelle les corps chauds brillent en rouge et les corps les plus chauds brillent en blanc. Mais ce n'est qu'après qu'Einstein se fut emparé de cette idée qu'elle est devenue déterminante pour proposer une théorie de fonctionnement du monde.

Des torpilles photoniques

Si vous projetez de la lumière et des ultraviolets sur une pièce de métal, la lumière peut parvenir à lui arracher des électrons. Dans les laboratoires de physique, ces électrons peuvent facilement être collectés, et mesuré le nombre de ceux projetés hors du métal.

Dans les années 1900, cet effet photoélectrique mettait les physiciens mal à l'aise. La théorie qui faisait de la lumière une onde suggérait que, si vous augmentiez la puissance de la lumière, vous devriez éjecter plus d'électrons, parce que la lumière plus brillante est plus chargée en énergie.

Mais les expériences pour vérifier cette hypothèse ont vite tourné court. Si vous soumettez un morceau de potassium à de la lumière rouge, aucun électron n'en est éjecté, quelle que soit la puissance que vous donniez à cette lumière. Mais si vous changez la lumière pour la rendre violette, vous pouvez réduire cette puissance, et il y aura toujours des électrons éjectés.

Einstein a eu le génie de voir que, si la lumière était faite de petites particules de quantum (que nous appelons maintenant les photons), l'effet photoélectrique était facile à expliquer. Comme Planck l'avait montré, c'est la fréquence, et non l'intensité, de la lumière qui détermine son énergie. L'article d'Einstein en 1905 suggérait que les photons rouges peu énergétiques ne transportaient pas suffisamment d'énergie pour éjecter un seul électron du potassium, quelle que soit la quantité d'entre eux que vous projetiez sur lui. Or, même un seul photon ultraviolet a assez d'énergie pour arracher un électron.

L'épreuve de vérité

CETTE EXPLICATION DE L'EFFET PHOTOÉLECTRIQUE peut paraître évidente désormais, mais sur le coup, presque personne ne voulait croire Einstein. Un physicien américain, Robert Millikan, fut si révolté par cette théorie et si persuadé que la lumière était une simple onde qu'il passa *10 ans* à conduire test sur test pour prouver que quelque chose était faux dans la proposition d'Einstein. Mais ses expérimentations appliquées ne faisaient que confirmer en tous points les idées d'Einstein.

Pour ce travail utile, Millikan a reçu le prix Nobel de physique. Ce qui prouve simplement qu'en physique, vous pouvez être dans le vrai même quand vous vous trompez complètement.

Lentement, mais sûrement, les physiciens commencèrent à accepter les idées radicales d'Einstein. Cela permit à ces brillants chercheurs de les mettre en pratique et développer la théorie que la lumière se déplace en paquets appelés photons pour expliquer de nombreux effets familiers, incluant notamment la façon dont la lumière peut être produite par de nombreuses substances même quand elles sont froides ou, en tout cas, pas très chaudes. (On peut trouver des exemples de cette capacité dans les lampes aux néons, les objets fluorescents et les aurores boréales, pendant lesquelles le ciel sombre au-dessus du pôle Nord magnétique brille de spectaculaires lueurs vertes et rouges.)

La physique des empreintes digitales

TOUS LES ÉLÉMENTS, quand ils sont transformés en gaz et chauffés, révèlent leur vraie couleur spécifique. Et si, en utilisant un prisme, cette couleur est découpée selon un spectre lumineux, il y aura des couleurs brillantes à certains points et pas du tout à d'autres : une empreinte digitale unique, pour chaque élément dans l'Univers.

C'est une très bonne nouvelle pour les astronomes, parce que cela veut dire que, en regardant simplement la lumière que nous envoient le Soleil et d'autres étoiles, ils peuvent en apprendre énormément sur les substances qui les constituent.

Le cas le plus simple est celui de l'hydrogène (parce qu'il s'avère que l'hydrogène est l'élément le plus simple : il n'a qu'un électron tournant autour d'un seul proton).

Si vous chauffez un atome d'hydrogène jusqu'à ce qu'il émette de la lumière, et qu'ensuite, en utilisant un prisme, vous divisez la lumière qu'il produit en ce qui serait, pour un corps noir chauffé à blanc, un arc-en-ciel, tout ce que vous verrez sera quatre lignes de couleur : rouge, bleu-vert, bleu et violet. Le reste de l'arc-en-ciel est noir.

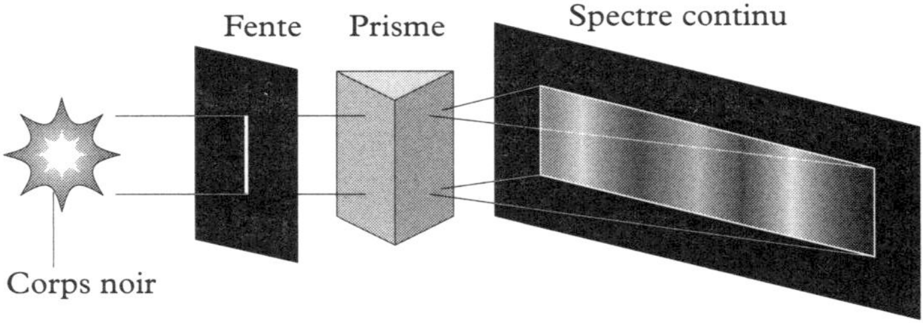

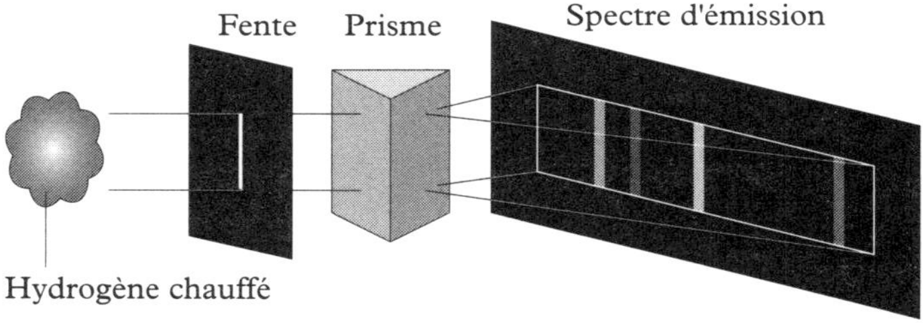

Mais si vous laissez l'hydrogène refroidir, que vous projetez une lumière blanche à travers lui, et ensuite à travers le prisme, vous obtiendrez à peu près tout l'arc-en-ciel des couleurs - sauf quelques lignes noires très fines exactement aux endroits où les bandes brillantes se trouvaient quand l'hydrogène était chauffé.

L'hydrogène chauffé émet donc de la lumière rouge, verte, bleue et violette, et l'hydrogène froid absorbe cette lumière.

Quand, en 1885, Johann Balmer, un enseignant suisse, regarda les fréquences de ces quatre bandes de couleur, il réalisa qu'elles correspondaient à une formule mathématique assez simple. (Il fut également capable d'affirmer que d'autres radiations électromagnétiques étaient elles aussi émises - comme l'ultraviolet et l'infrarouge – et, des années plus tard, des physiciens équipés de nouvelles technologies furent en mesure de confirmer ses dires.)

Parce que l'équation de Balmer était si simple, il semblait probable qu'elle puisse nous apprendre quelque chose d'important sur ce qui se passe à l'intérieur des atomes. Le seul problème était que personne ne sut comment en tirer parti pendant encore 27 années. Puis un physicien danois, Nils Bohr, vint à Manchester pour travailler avec Ernest Rutherford, l'homme dont les expériences avaient permis de comprendre l'atome comme une petite charge positive centrale encerclée, à une certaine distance, par des électrons négatifs.

À L'INTÉRIEUR DE L'ATOME

Après que J. J. Thomson eut découvert l'électron en 1897, on a cru pendant un temps que les atomes étaient comme des plum-puddings, à l'intérieur desquels les électrons (les *plums* ou « prunes ») étaient entourés par le « pudding » de charges positives, qui permettaient de les maintenir solidaires.

Cette interprétation se modifia en 1909 quand Rutherford, un Néo-Zélandais qui serait bientôt connu comme le père de la physique nucléaire, projeta des particules alpha à travers une feuille d'or de fine épaisseur et mesura la manière dont elles étaient déviées par le choc.

Selon le modèle du plum-pudding, la plupart des particules alpha auraient dû être un peu déviées en traçant leur chemin à travers le « pudding » d'atomes d'or. En réalité, la plupart passèrent au travers de ces atomes sans être déviées, mais un petit nombre fut renvoyé presque en sens inverse.

Ce résultat inattendu ouvrit la voie à notre compréhension de l'atome comme un petit noyau dense et chargé positivement, entouré d'électrons.

Rutherford en fit la démonstration mathématique et découvrit combien le noyau prenait peu de place en définitive à l'intérieur de l'atome.

Il était si petit que, si vous compactiez toute l'espèce humaine en vous débarrassant des électrons et passant outre la puissante répulsion qui règne entre les charges positives des noyaux, il serait possible de tous nous ranger dans un volume de la taille d'un simple morceau de sucre. (Il n'exprima pas exactement les choses en ces termes.)

Le noyau lui-même est fait de toutes petites particules : les protons (qui sont chargés positivement) et les neutrons (qui n'ont pas de charges). Le nombre de protons détermine quel est l'élément de l'atome, tandis que le nombre de neutrons nous renseigne sur sa stabilité. Trop de neutrons ou pas assez, et l'atome pourra se briser ou se *désintégrer*, ce qui provoquera de la radioactivité et des radiations.

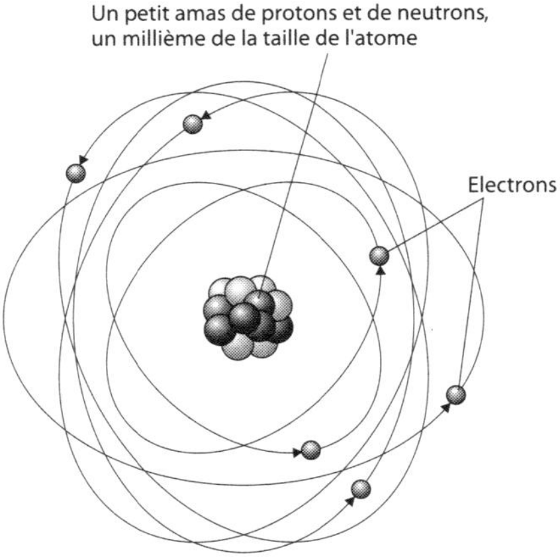

L'atome de Carbone (12), avec six protons et six neutrons dans le noyau (pas à l'échelle)

Les grandes explications

MAIS REVENONS À BOHR. Le Danois arriva en Angleterre en 1911 avec une connaissance très limitée de la langue, mais avec un gros dictionnaire, les œuvres complètes de Charles Dickens et une capacité de travail assez phénoménale.

Il ne lui a pas fallu longtemps pour révolutionner complètement notre manière de comprendre l'atome.

Il savait que les électrons ne pouvaient pas juste flotter autour du noyau atomique par eux-mêmes. Il devait y avoir quelque chose qui les empêchait de disperser leur énergie dans toutes les directions (comme la lumière, les ultraviolets, etc.) et de s'échapper n'importe où en provoquant une explosion qui mettrait fin à l'Univers.

Son premier élan a été de combiner l'idée de Planck et d'Einstein de blocs d'énergie avec l'équation de Balmer qui décrivait le spectre de l'hydrogène.

Son hypothèse était que les électrons ne peuvent se positionner qu'à certaines distances précises du noyau. Quand leur énergie augmente (lorsqu'ils sont chauffés par exemple), ils deviennent « excités » et s'éloignent du noyau, disons du niveau 1 au niveau 4. (Un peu de la même manière que vous avez plus d'énergie en vous asseyant en hauteur.)

Mais comme vous, les électrons ne peuvent rester excités (ou en hauteur) très longtemps. Après un moment, ils retombent aux étages plus bas d'énergie, plus proches du noyau (par exemple, du niveau 4 au niveau 2), et relâchent leur surplus d'énergie sous la forme d'un bloc de radiation électromagnétique (dans ce cas, sous la forme d'un photon de couleur bleu-vert).

Parce que les différents niveaux d'énergie qu'un électron peut occuper sont fixes (comme les étages d'un immeuble sont à des hauteurs invariables), les paquets d'énergie émis alors que les électrons bougent entre eux ne changent pas, eux non plus, et ainsi les fréquences et les couleurs sont toujours les mêmes. Dans l'hydrogène, par exemple, la chute du niveau 4 au niveau 2 provoque toujours l'apparition de ce photon de lumière bleu-vert. Et c'est cette propriété qui explique les empreintes digitales colorées de chaque élément que les physiciens et les astronomes retrouvent dans leurs expérimentations.

De nouvelles perspectives

La théorie de Bohr explique également pourquoi les gaz absorbent certaines fréquences de la lumière. C'est comme l'émission, mais à l'envers. Comme les protons lumineux frappent les atomes, seuls ceux qui ont la bonne quantité d'énergie (et donc la bonne fréquence lumineuse) peuvent être absorbés. Si un atome d'hydrogène est au niveau 2 et qu'un photon bleu-vert le frappe, il est porteur d'exactement la bonne dose d'énergie pour qu'il puisse l'absorber, et l'électron bondira au niveau 4. Les photons jaunes ont un niveau énergétique inadapté pour les électrons de l'hydrogène et passent complètement au travers. (C'est un peu comme une foule pendant un match de football. Il n'y a que lorsque l'équipe bleu-vert marque un but qu'elle va montrer des signes d'excitation.

Mais elle ne se donnera même pas la peine d'applaudir poliment si l'équipe des jaunes fait des prouesses.)

Einstein et Bohr, d'un autre côté, ont reçu bien des applaudissements polis pour leurs travaux. Et également de la part du groupe de génies qui commençait de se former autour d'eux. Mais c'étaient des éloges bien insuffisants comparés à l'énormité et la complexité des avancées réalisées entre 1900 et 1928 dans le domaine de la physique quantique (spécialement quand vous réalisez que de nombreux contributeurs de cette époque - notamment Werner Heisenberg, Erwin Schrödinger et Paul Dirac – se trouvent tous parmi les 10 meilleurs physiciens de tous les temps).

Par exemple, le génie bavarois et alpiniste éclairé Heisenberg découvrit qu'une fois que vous avez mis le doigt sur l'idée de niveaux quantiques, il n'y a presque pas de limites à ce que vous pouvez découvrir sur les photons et les électrons. Son *principe d'incertitude* indique que, si vous arrivez à déterminer précisément où se trouve un photon, vous ne pouvez pas calculer à quelle vitesse il se déplace (et inversement).

Et cela n'a rien à voir avec le fait que nos instruments de mesure ne seraient pas assez performants. En fait, mesurer une quantité (la vitesse, par exemple) va affecter la donnée correspondante (la position, par exemple) de telle manière qu'elle ne pourra plus être connue avec certitude.

L'une des raisons pour lesquelles ces hommes n'ont pas connu toute la gloire qu'ils méritaient, c'est que, plus vous en découvrez sur la physique quantique, plus elle devient étrange et difficile à saisir. Et ce qui n'arrange rien au problème, c'est que les expériences qui permettent de démontrer ces principes sont elles-mêmes très difficiles à expliquer.

Mais en 1986, tout cela changea. La technologie était alors suffisamment avancée pour mener à bien la démonstration la plus importante de la physique quantique, celle qui, presque à elle seule, permet de rendre compréhensible cette discipline pour le moins hermétique.

La physique quantique dévoilée

JE SUIS SÛR QUE VOUS VOUS RAPPELEZ notre passage à la plage : le soleil, les surfeurs, l'expérience des fentes de Young, qui semblait prouver que la lumière est faite d'ondes, et pas de particules, parce que les ondes lumineuses interfèrent et créent un motif de diffraction. Vous aviez même réalisé vos propres motifs de diffraction à travers la fente pratiquée entre vos deux doigts.

Mais qu'arrive-t-il si vous essayez la même expérience avec de simples photons de lumière ? Si vous prenez un rayon laser très faible, qui projette ses blocs d'énergie isolément, un par un, et que vous les faites passer à travers les deux fentes, que se passe-t-il ? À son état le plus décomposé, est-ce que la lumière se comporte comme une onde ou comme une particule ?

La réponse brillante et incroyable, celle qui fait pénétrer la physique quantique dans le monde réel, est que cette lumière est bien à la fois une onde et une particule : les deux, ensemble, dans le même temps. Et si, dans un mouvement d'humeur, vous lui donniez un coup pour essayer d'en découvrir le fin mot, elle se déroberait alors et deviendrait l'une ou l'autre, selon ce que vous lui feriez subir.

Réalisons une expérience. Nous préparons notre laser très faible, nos fentes très fines, et à leur suite un morceau de film photographique très sensible pour que le passage de chaque photon de lumière soit enregistré.

Nous branchons notre équipement. Le premier photon est produit. Il passe au travers de notre dispositif. Bang ! Il frappe le film et laisse une marque. Une seule marque. Après tout, c'est un photon tout seul. Ah ! C'est une particule.

Mais où est cette marque ? Bon, vous pouvez prédire où elle va apparaître. Mais il y a peu de chance que le photon ait suivi une trajectoire parfaitement rectiligne depuis le laser, et à travers la fente, jusqu'au film. Étrangement, cette particule déconcertante a diffracté et ensuite interféré avec elle-même et ne s'est donc pas déplacée en ligne droite. Qui plus est, si vous laissez l'appareil tourner pendant quelques heures, le motif qui va apparaître sur votre film est celui des franges familières, très exactement les mêmes zones alternées claires et sombres qui prouvent que la diffraction et l'interférence ont eu lieu.

Que vous laissiez votre appareil fonctionner pendant des heures en laissant passer les électrons les uns après les autres, ou que vous allumiez d'un coup et que vous les projetiez tous en une microseconde, le motif sera le même. Lorsque les photos arrivent en même temps, la lumière interfère plus que quand ils sont désynchronisés, et ils s'annulent eux-mêmes.

Cette constatation est difficile à accepter. Chaque photon isolé passe à travers les deux fentes dans le même temps et ensuite interfère avec lui-même, comme s'il était une onde ! Les photons sont capables d'être à deux endroits en même temps, MAIS (et c'est, comme vous pouvez le voir, un très gros et important mais) si vous commencez à essayer de les repérer au niveau des fentes elles-mêmes, vous vous rendrez compte qu'ils passent en réalité à travers l'une ou l'autre. Et alors le motif d'interférence disparaît, parce que, bien sûr, un photon tout seul ne peut interférer avec lui-même !

D'une certaine manière, ça ne semble pas cohérent. Mais c'est ce qui se produit. Peut-être est-ce la seule chose à dire à ce propos : cela se passe ainsi.

Mais qu'est-ce que ça veut dire ?

En physique quantique, le sens a du mal à se dégager parce que les choses ont l'air très étranges pour nous. Qu'est-ce que ça veut dire pour chaque chose d'être à la fois une onde qui passe à travers les deux fentes et une particule qui ne passe que par une seule ?

Qu'est-ce que ça signifie quand vous dites que vous ne pouvez jamais déterminer avec exactitude l'endroit où se trouve une particule et la vitesse à laquelle elle se déplace ?

Et ce qui n'aide pas, c'est que les physiciens quantiques eux-mêmes ne sont pas tous d'accord sur la manière d'expliquer leurs découvertes. L'Autrichien Erwin Schrödinger s'est trouvé plongé dans un tel état d'excitation par tous ces démêlés qu'il a réussi à formuler de nombreuses équations mathématiques déterminantes pour la physique quantique.

Mais, dans un effort pour essayer de nous ouvrir les yeux sur la manière dont cette discipline doit être envisagée, il a aussi formulé sa fameuse expérience, dans laquelle un pauvre chat, enfermé dans une boîte et à la merci d'une dangereuse aventure quantique, est à la fois vivant et mort jusqu'à ce qu'un physicien ouvre le couvercle de la boîte pour le forcer à être l'un ou l'autre.

Pendant des années, nous étions priés de croire qu'un chat pouvait à la fois être vivant et mort. Aujourd'hui, cependant, le chat de Schrödinger a pris sa retraite. De nombreux physiciens expriment l'idée de simple bon sens que, même si les événements quantiques peuvent défier la logique (comme notre photon solitaire qui peut traverser notre dispositif à deux endroits en même temps), les chats ne le peuvent pas. Ils sont morts et perdent leurs poils à un endroit unique ou ils sont vivants et perdent leurs poils un peu partout.

Bien sûr, notre problème avec la physique quantique peut être simplement dû au fait que cette discipline n'est âgée que d'une centaine d'années et que la plupart d'entre nous ne sont pas encore familiers avec ces avancées. Peut-être faut-il s'y habituer, comme on doit casser des chaussures neuves pour pouvoir les porter. Après tout, malgré le fait qu'il y ait eu des preuves solides pour étayer ces affirmations, avant même que nous ayons inventé le voyage dans l'espace, il a fallu des siècles à l'humanité pour accepter que la Terre est ronde et qu'elle tourne autour du Soleil. (Par exemple, quand un bateau passe la ligne d'horizon, il n'apparaît pas simplement comme un point avant de grandir petit à petit comme il le ferait sur une planète plate : vous voyez d'abord son mât, puis au fur et à mesure le reste apparaît.)

Vraiment bizarre

Les scientifiques ont encore quelques problèmes avec les effets de la physique quantique. Ils ajoutent toujours de nouvelles découvertes à la longue liste de ce qu'elle permet d'expliquer, en physique, en chimie, et même en biologie, où elle peut apporter de nouveaux éclairages sur la manière dont notre cerveau fonctionne.

Paul Dirac l'a utilisée pour prédire l'existence de l'antimatière[1] avant que celle-ci ne soit découverte en laboratoire.

Et les ingénieurs utilisent ses équations quand ils construisent des micropuces et travaillent sur de nouvelles formes d'ordinateurs. Nous savons même que la lumière électrique ou les interrupteurs ne fonctionneraient pas sans physique quantique (et ce qu'on appelle l'*effet tunnel*).

La physique quantique est donc très utile, et sa réalité a été mise en évidence de multiples manières.

Le seul problème est qu'elle soulève encore des questions que même les meilleurs et les plus brillants scientifiques ne peuvent pas toujours résoudre.

1. Cela ressemble à de la science-fiction, mais l'antimatière est une réalité. Elle est régulièrement générée dans les accélérateurs de particules des physiciens, et il y en a même qui se forme à l'intérieur de votre corps, lorsque le carbone 14 se dégrade et produit (entre autres choses) des particules appelées *antineutrinos*. L'antimatière est cependant difficile à capturer. Quand un antiproton rencontre un proton sur son chemin, les deux particules se détruisent et il ne vous reste plus rien que de l'énergie.

10

L'Univers

L'un des points fascinants à propos de la physique, c'est que, en dépit de toutes les merveilles que nous avons découvertes (et dans ce modeste ouvrage, nous n'avons fait qu'en effleurer la surface), il y a toujours des tas de choses que nous ne savons pas. Il y en a aussi tout autant que nous croyons à peu près connaître sans en être tout à fait sûrs : des points qui causent débats et disputes, lors des colloques scientifiques et sur Internet, et poussent les physiciens à dépenser des fortunes pour construire des accélérateurs de particules encore plus gros et puissants pour qu'ils puissent produire des bangs encore plus énormes ou générer des particules plus petites quand ils décomposent les atomes. Qui plus est, la plupart de ces questions violemment débattues le sont parce qu'elles touchent à des théories importantes et cruciales concernant l'histoire et les origines de l'Univers, et la place que nous y tenons. Et ce sont deux excellentes raisons pour lesquelles ces questions valent la peine d'être creusées, quels que soient les débats qu'elles provoquent.Donc, pour conclure, jetons un coup d'œil, entre autres choses, sur les causes probables du big bang, la possibilité du voyage dans le temps et la fabrication de la matière noire : des questions qui peuvent laisser interdit même le plus chevronné des physiciens.

Quelle taille fait exactement l'Univers ?

NOTRE SOLEIL EST L'UNE des quelque 300 milliards d'étoiles qui composent notre galaxie, la Voie lactée, un vaste nuage maintenu solidaire par la gravité, qui inclut toutes ces étoiles, ainsi que des nuages de gaz et de poussière, et, du moins comme nous le supposons, des centaines de milliards de planètes (même si, parce que les planètes sont petites et sombres par rapport aux étoiles, nous n'avons pu en dénombrer que 500 jusqu'à maintenant).

Par une nuit claire, en vous tenant loin des lumières de la ville, il est possible de contempler la Voie lactée. C'est un arc de lumière blanche qui traverse le ciel, avec son centre aux alentours de la constellation du Sagittaire (celle qui est censée ressembler au mythique centaure mi-homme, mi-cheval, s'apprêtant à décocher une flèche avec son arc ; ou, pour ceux qui ont moins d'imagination, à une théière).

La Voie lactée est ainsi désignée en raison de ces centaines de milliards d'étoiles que nous voyons sous la forme d'une bande blanche parce que la Terre s'y trouve au bord, non loin de l'extrémité du disque aplati qui constitue notre galaxie, sur une voie secondaire près d'un des quatre bras principaux qui s'articulent en spirale.

Notre galaxie est énorme : elle fait environ 100 000 années-lumière de large. En comparaison, le Soleil n'est qu'à huit minutes de notre planète, et on pourrait déjà remplir cette distance d'un million de globes terrestres.

L'étoile la plus proche ensuite, Proxima Centauri (Proxima du Centaure), est éloignée de quatre années-lumière. Mais la galaxie la plus proche, Andromède - qui a été découverte en 1925 par l'avocat américain devenu astronome Edwin Hubble - est à 2,5 millions d'années-lumière. Et comme si elle n'était pas suffisamment loin, Hubble a découvert avec surprise qu'Andromède - et tous les autres éléments de l'Univers – s'éloigne de nous en permanence.

Cependant, la taille exacte de l'Univers est un mystère. Nous pouvons voir à 46 milliards d'années-lumière dans l'espace, mais l'Univers s'étend sans doute bien au-delà de cette limite.

La limite de l'Univers est-elle une zone baignée d'une lumière rouge ?

VOUS VOUS RAPPELEZ QUE, quand nous avons regardé les ondes, juste après qu'un adolescent en voiture ultra-sonorisée nous eut dépassés, nous entendions le ton de la basse qui se dégageait de son autoradio devenir encore plus bas en raison de l'effet Doppler. Comme la relativité l'a expliqué, la même chose se produit avec la lumière des étoiles qui s'éloignent rapidement de nous : les ondes lumineuses qui se dégagent d'elles nous semblent avoir une fréquence encore plus basse - et, donc, nous semblent plus rouges – qu'elles ne l'auraient été pour quelqu'un qui n'aurait pas bougé relativement à ces étoiles. (Les physiciens disent que cette lumière émanant d'objets qui s'éloignent se *décale vers le rouge*.)

Il s'avère que, plus nous regardons loin dans l'espace, plus les galaxies s'éloignent rapidement de nous, jusqu'aux galaxies les plus éloignées que nous puissions voir, qui se situent maintenant à 46 milliards d'années-lumière.

Le décalage vers le rouge de ces galaxies les plus lointaines nous révèle qu'elles s'éloignent de nous si rapidement que la lumière que nous percevons maintenant les a quittées quand elles ne se trouvaient qu'à 36 *millions* d'années-lumière de notre planète. (Au-delà de ces galaxies, nous pensons qu'il y a des galaxies qui s'éloignent de nous si vite que la lumière qu'elles émettent ne peut même pas nous atteindre.)

Tout cela signifie que tout dans l'Univers ne s'éloigne pas seulement de nous : tout s'éloigne de tout le reste également. L'Univers entier est en expansion. Ce qui veut dire qu'il a dû être à un moment beaucoup plus petit.

Et si nous revenons très loin en arrière, nous pouvons calculer une date – il y a 13,7 milliards d'années – à laquelle l'Univers entier était très petit et très dense. (La Terre, par contraste, n'a, d'après les calculs, que 4,5 milliards d'années.) Il nous faut ainsi un événement pour créer cet univers très petit et très dense et le transformer en sa version en constante expansion.

Cet événement a été baptisé le *big bang* en 1949 par l'astronome britannique Fred Hoyle. (Hoyle utilisa en fait l'expression « big bang » comme une manière moqueuse de se référer à une théorie qu'il considérait comme totalement fausse. Malheureusement pour lui, c'était sa théorie à lui qui se révéla fausse.) Mais il a fallu attendre 1967 pour avoir la preuve de son existence : le *Fond diffus cosmologique* est le nom qu'on lui a donné.

Pourquoi est-ce que je ressens cette soudaine chaleur ?

Si ce n'est pas dû à votre amour de la physique, c'est peut-être à cause du big bang.

Comme nous l'avons vu lorsque nous nous sommes penchés sur le sujet, quelque chose de comprimé et de dense (comme l'Univers au moment où il est né) est aussi extrêmement chaud et libère de l'énergie sous la forme de radiations électromagnétiques. Le big bang libéra tellement d'énergie que, même si elle est très faible maintenant, elle est toujours présente de manière diffuse tout autour de nous, comme le fond diffus cosmologique, une légère chaleur qui remplit tout l'espace (si vous le regardez en utilisant un radiotélescope).

Nous savons que ce fond diffus cosmologique est une chaleur spécifiquement dégagée par ce moment de la création parce qu'il est très spécial : il est le même dans toutes les directions, et son spectre, composé en grande majorité de micro-ondes et d'un tout petit peu de lumière visible, est celui de la radiation émanant d'un corps noir. Rien qui n'aurait pu être fait par autre chose qu'une masse plasmatique qui allait devenir une galaxie, chaude, dense, uniforme (c'est-à-dire équivalente en tous points de l'espace).

L'Univers a donc commencé par un bang. Ensuite, il est devenu une sorte de nappe de plasma chaud, dense, opaque, ressemblant à du gaz, et s'étendant très rapidement, avant que, environ 380 000 ans après l'explosion, il ne refroidisse suffisamment pour que des atomes se forment.

À ce moment, il est devenu transparent, pour que toutes les radiations qui se répandaient puissent continuer à le faire.

Et c'est ce que représente notre fond diffus cosmologique : des radiations vieilles de 13,7 milliards d'années, un rougeoiement de chaleur découlant du big bang.

Le fond diffus est à peu près le même dans toutes les directions, mais il présente de très légères différences de température ici et là, qui correspondent à de très faibles différences de densité. Ces différences se sont avérées vitales parce que, alors que l'Univers s'étendait et refroidissait, les zones légèrement plus denses ont été dotées d'une gravité plus élevée ; elles ont donc attiré plus de gaz et sont devenues toujours plus denses, et lentement, les galaxies et les étoiles ont commencé à se former.

Dans les étoiles, 10 milliards d'années de fusion nucléaire ont transformé l'hydrogène et l'hélium de l'Univers primitif en d'autres éléments, jusqu'à ce que la fusion ait consommé tout l'hydrogène. À ce moment, la plupart de ces pauvres étoiles mourantes s'étaient transformées en ce que nous appelons les géantes rouges (même si elles sont orange d'ordinaire). Ensuite, après quelques millions d'années à peine, ces géantes rouges ont projeté leurs écorces extérieures à travers la galaxie, répandant partout des quantités de matière très utiles, qui se sont rassemblées pour former de nouvelles étoiles à la structure plus complexe. Et quand ces nouvelles étoiles et leurs enfants ont à leur tour explosé, la poussière qu'elles ont répandue contenait des éléments lourds comme l'oxygène, le carbone, le fer et l'uranium, idéals pour construire non seulement de nouvelles étoiles, mais également des planètes rocheuses, et même, beaucoup plus tard, la vie.

Pouvons-nous nous échapper ?

ALORS QUE NOUS CONTEMPLONS L'UNIVERS - et nous pouvons maintenant affirmer avec certitude avoir décelé l'existence de 125 milliards de galaxies –, il semble identique dans toutes les directions. Il n'a pas de bords et, bien sûr, l'uniformité du fond diffus est un argument qui suggère qu'il n'a pas de centre. En conséquence, même si le terme « big bang » est séduisant, il nous encourage à nous faire une fausse idée de l'Univers.

En un sens, le big bang n'a pas été une explosion dans l'espace, ça a été plutôt l'explosion - et la création - de l'espace.

Aujourd'hui, il semble que, où que vous vous positionniez dans la galaxie, vous verrez tout l'Univers s'éloigner de vous (dans toutes les directions). Cependant, ce n'est pas seulement parce que toutes les autres galaxies se déplacent dans l'espace ; c'est plutôt parce que, comme Einstein l'a découvert, l'espace-temps lui-même peut changer de forme, et l'expansion de l'Univers est due à l'expansion de l'espace lui-même.

C'est pourquoi, quand vous additionnez une grande quantité d'espace en expansion entre nous et certaines galaxies, celles-ci peuvent s'éloigner de nous à des vitesses supérieures à celles de la lumière sans rompre les lois de la relativité.

C'est pourquoi aussi, même si l'Univers n'est probablement pas infini, il est peu probable, même si vous pouviez voyager à une vitesse supérieure à celle de la lumière, que vous puissiez un jour en trouver la limite. Au lieu de cela, vous risqueriez d'incurver votre trajectoire et de vous retrouver finalement de retour à votre point de départ.

Qu'est-ce qui a provoqué le big bang ?

JUSQUE-LÀ, NOUS AVONS DES PREUVES directes de ce que l'Univers était après 380 000 ans. Est-ce que c'est le mieux que la physique peut faire ?

Actuellement, avec la théorie et les expériences menées dans les accélérateurs de particules, qui simulent des portions microscopiques de l'Univers primitif, nous pensons pouvoir envisager les choses antérieures à cette époque.

Une seconde après le big bang, les protons et les électrons, et d'autres composantes variées de futurs atomes (que nous appelons les *particules élémentaires*) ont commencé à apparaître dans une sorte de soupe bouillante de 10 milliards de degrés Celsius d'éléments subatomiques. Encore avant ce moment, après une toute petite fraction de seconde, sont apparues les forces et les lois qui font tenir ensemble l'Univers (incluant la gravité et l'électromagnétisme). Encore avant, l'Univers à l'état de soupe était plus chaud encore, même s'il était déjà en train de refroidir alors qu'une partie de la formidable énergie du big bang était en train d'être relâchée, par la puissance de $E = mc^2$, au sein des premiers blocs bruts de matière.

Et avant que la soupe ne commence, il y avait juste le cuisinier : le big bang lui-même, un grand flash d'énergie qui a pu être causé par une étrange forme (semblable à un champ magnétique, pas un champ avec de l'herbe et des vaches) appelée champ *inflaton*[1].

Ce champ inflaton, qui est proprement apparu à partir de rien, a très vite gonflé l'Univers tout neuf d'une taille minuscule (où les effets aléatoires de la mécanique quantique étaient importants) jusqu'à une taille où l'entropie était si étale qu'elle était presque invisible, excepté pour ces légères, mais fondamentales variations du fond diffus cosmologique qui nous permettent de comprendre comment les étoiles se sont formées. Cela semble fou, n'est-ce pas ?

Mais derrière cette histoire il y a une théorie puissante mise au point par le physicien théorique Alan Guth en 1979. Les mathématiques à la base de son histoire - et la manière dont elles prédisent les variations fines à chaque minute du fond diffus comme nous pouvons les mesurer - semblent lui donner une base très solide. Aujourd'hui, parmi les physiciens, la théorie de l'inflation est plutôt reconnue et acceptée.

Est-ce le seul univers ?

LA THÉORIE DE L'INFLATION dit que la portion de l'Univers qui est observable pour nous aujourd'hui s'est étendue d'une taille de 10^{-50} mètres (ce qui est beaucoup, beaucoup plus petit qu'un atome) dans un rayon de 10^{-35} secondes après la naissance de l'Univers à presque un mètre entier en 10^{-34} secondes. (Pensez un seul instant à la vitesse formidable de cette expansion. C'est beaucoup plus rapide que la vitesse de la lumière. En fait, chaque fois qu'un univers en expansion double sa taille, ce qui arrive très souvent, la lumière n'a même pas le temps de voyager d'un côté d'un atome à l'autre.)

1. Cet infla-*ton* sonne comme infla-*tion*, ce que le champ a provoqué, mais épelé incorrectement pour qu'il corresponde aux autres entités des champs similaires, par exemple les champs de pho-*tons*.

Et la théorie de Guth est encore plus folle qu'elle ne le paraît au premier abord. Guth pense que cette inflation n'est pas arrivée qu'une seule fois. En fait, elle se produit continuellement, avec de nouveaux univers générés comme des bulles dans leur propre petite enveloppe de temps inflationnel, puis refroidissant alors que leur portion du champ inflaton se relâche. Ralentissant son expansion, l'Univers invente ses propres lois et sa propre manière de faire les choses à son propre rythme, et il est ensuite expulsé, parce que l'espace au dehors continue à s'étendre follement, de l'endroit où se forment nul ne sait combien de petites bulles d'univers, loin, de plus en plus loin.

Guth pense même qu'il serait possible de créer un nouvel univers en laboratoire, avec l'aide de quelques grammes de matière et d'un type particulier de vide appelé *faux vide*. Bon, peut-être que vous pourriez, mais vous ne devriez certainement pas. L'immense énergie que l'expérience relâcherait dans notre univers serait l'équivalent de l'explosion simultanée de 30 bombes nucléaires comme celle qui fut lâchée sur Nagasaki. Et cela risque de faire très mal, même si vous avez pris la peine d'enfiler vos lunettes de laboratoire et vos gants en caoutchouc.

Était-ce un monstre aux yeux saillants ?

LE PROBLÈME AVEC LA THÉORIE DE L'INFLATION, c'est qu'elle est impossible à tester. Quelle que soit la théorie du big bang que vous choisissiez (et il y en a d'autres), elles s'accordent toutes pour dire qu'on ne peut pas voir au-delà du big bang ni au dehors de la bulle de notre univers.

En fait, diraient certains, cela n'a aucun sens de se demander ce qui a créé notre univers. La création est plus une frontière impossible de notre univers qu'un acte isolable à l'intérieur de celui-ci. Mais, si la physique commence à vous ennuyer, vous pouvez toujours créer votre propre histoire. Peut-être que notre univers a été créé par un monstre aux yeux saillants qui a découvert les mêmes lois qu'Alan Guth, un monstre gluant qui s'est trouvé avoir du faux vide sous la main. Mais rappelez-vous que, si c'était le cas, ce monstre a été réduit en poudre il y a très, très longtemps, et que, de toute façon, il n'y a aucun moyen pour nous de découvrir quelque chose à propos de son univers, qui peut avoir été très différent du nôtre.

À vrai dire, si Guth a raison, et que la création de l'Univers est un processus aussi libre, il est probable que la majorité des univers est trop étrange pour supporter la vie telle que nous la comprenons. C'est parce qu'il n'y a qu'une chance infime que n'importe quel univers qui se forme à partir de la soupe bouillante et dense née du big bang soit aussi favorable à la vie que l'est le nôtre.

Même si notre univers semble vaste et inhospitalier, nous pouvons aussi nous dire que, si la gravité n'était qu'un tout petit peu moins forte, ou s'il y avait 5 ou 7 ou 27 dimensions, ou si la matière noire était moins commune, les montgolfières pourraient s'écraser sur le sol, et les pommes, voler - ou, plus vraisemblablement, les galaxies et les étoiles ne se seraient pas formées et il n'y aurait pas de pommes, pas de montgolfières, et nous ne serions pas là pour les regretter.

Mais qu'est-ce que la matière noire ?

D'ABORD, LA MATIÈRE NOIRE N'EST PAS NOIRE. Elle est en fait complètement transparente. C'est que, comme l'espace est noir, on ne peut pas la voir. Quand nous regardons l'Univers dans son ensemble et que nous additionnons toute la masse que l'on peut y trouver, nous nous rendons compte qu'il y en a juste ce qu'il faut pour permettre aux galaxies de se former et de se déplacer comme elles le font. En fait, nous considérons maintenant que nous ne pouvons voir que 5 % de la matière dans l'Univers. Le reste est noir.

Il doit donc y avoir d'immenses nuages de matière invisible, une matière que la lumière et les autres formes de rayonnements magnétiques traversent sans être perturbées le moins du monde, parce qu'elle ne doit pas du tout être faite de neutrons ou de protons, mais qui permet de pallier la gravité manquante pour donner aux galaxies leur structure réelle.

Ce n'est pas qu'une théorie. Nous avons pu observer, venant de galaxies très distantes, de la lumière légèrement courbée par ce qui doit être de la matière noire.

Mais ce qu'est exactement la matière noire et comment elle se retrouve distribuée partout restent encore des questions sans réponses. Pire encore : il est probable qu'une grande partie de la matière noire de l'Univers ne soit pas de la matière noire.

Ce serait en fait de l'énergie noire, répandue dans l'espace et, selon la relativité générale, provoquant l'accélération permanente de l'expansion de l'Univers. Nous pouvons mesurer cette accélération, mais nous n'avons pas la moindre idée de ce que peut être l'énergie noire. Nous savons qu'elle est noire, et nous savons que c'est de l'énergie, et..., et c'est tout.

C'est l'un des points où la physique est encore à l'âge de la pierre. Notre meilleur modèle actuel pour expliquer l'Univers - le modèle standard – n'apporte aucun éclairage sur la matière noire, l'énergie noire et quelques autres points importants, comme la gravité. Même si nous avons beaucoup de théories qui expliquent pourquoi les montgolfières volent et les pommes tombent, à leur niveau le plus basique, les théories qui expliquent les deux phénomènes sont différentes. Les pommes tombent à cause de la gravité, qui est expliquée par la relativité. Mais les montgolfières volent à cause de la température et de la pression, et cela s'explique plutôt par la physique quantique et le modèle standard.

Pourquoi tant de physiciens recherchent-ils la Grande Unification ?

MÊME LES PLUS BELLIQUEUX des physiciens cherchent à mettre au point la Grande Unification, également appelée *théorie du tout* : celle qui permettrait de compiler ce qui reste pour le moment obstinément au dehors du modèle standard.

Le modèle standard en physique utilise l'interaction de minuscules particules pour expliquer la matière, l'électromagnétisme, les interactions nucléaires extrêmement puissantes à l'intérieur des atomes, et comment ces différents éléments s'affectent les uns les autres. Vous vous rappelez toutes ces forces à propos desquelles nous avons si longuement discuté ? Elles n'ont plus cours, du moins à l'échelle quantique.

D'abord, il y a 12 *fermions*, des particules qui fabriquent la matière. Ce qui arrive quand ces particules se rencontrent et interagissent avec la lumière, et ensuite se réunissent pour former les atomes, est rendu possible par un groupe de 12 particules porteuses de charges appelées *bosons*, qui se déplacent à la vitesse de la lumière, entre les fermions, les poussant et les tirant dans tous les sens. Les bosons incluent le photon, une particule qui transporte ce que nous caractérisons comme un champ de force entre les objets qui ont une charge électrique. Il existe également un treizième boson insaisissable, le boson de Higgs, qui – soutient la théorie - donne leur masse aux autres particules élémentaires. (Les physiciens espèrent que leur Grand Collisionneur d'hadrons, l'accélérateur de particules géant récemment construit qui a coûté plus de neuf milliards d'euros, leur permettra d'en attraper un.)

Le problème est que, une fois que vous prenez en compte ce que le modèle standard laisse de côté et que vous formulez la Grande Unification, tout devient beaucoup plus compliqué. Des progrès ont été réalisés, mais jusqu'ici il n'existe aucune preuve que la gravité dépende d'une nouvelle espèce de particule fondamentale appelée graviton, et il semble impossible, autrement que grâce à des accélérateurs de particules si gigantesques que les scientifiques ne peuvent qu'en rêver, d'en débusquer un.

L'un des axes de recherche s'appuie sur une notion appelée la *supersymétrie*, qui implique le fait d'ajouter une série de nouvelles particules que personne n'a jamais vues et qui génèrent un ensemble de nouveaux problèmes auxquels on ne pourrait alors répondre qu'en invoquant une autre théorie appelée *théorie des cordes*. Mais elle s'appuie sur des idées comme celle d'un espace à 11 dimensions et sur des calculs mathématiques si complexes et si nouveaux que la majorité des physiciens eux-mêmes n'est pas capable de les saisir.

Et il n'y a aucun moyen de tester la théorie des cordes parce que les effets qu'elle prédit concernent des énergies très élevées sur de très courtes distances.

Il existe des solutions de rechange à la théorie du tout et à l'envie de finir emmêlé dans un paquet de cordes. L'une d'entre elles a été mise au point dans les années 1990 par Mark Hadley, à l'Université de Warwick en Angleterre. Elle est simple, équilibrée et utilise l'espace-temps d'Einstein pour expliquer la physique quantique. Personne n'a pu jusqu'à maintenant lui adresser de critique rédhibitoire. Mais dans l'ensemble, elle est plutôt ignorée. La raison ? On pourrait faire valoir que des milliers de scientifiques travaillent sur leur version de la Grande Unification - et que la meilleure manière de recevoir des fonds pour ces scientifiques est de convenir que ce sur quoi ils travaillent vaut bien l'argent qui leur est attribué.

Bien sûr, cela ne veut pas dire que nos meilleures théories du tout sont fausses. Peut-être trouverons-nous un moyen de les vérifier indirectement. Ou peut-être, comme les questions que nous allons maintenant aborder le montrent, notre physique n'est-elle pas aussi évoluée que nous aimons le croire.

Peut-on voyager plus vite que la lumière ?

NON. BIEN SÛR QUE NON. Du moins, c'est ce qu'Einstein affirmait. Ainsi, il semble que nous soyons coincés dans notre système solaire, à jamais empêchés par les lois de la physique de construire un vaisseau *Enterprise* pour explorer l'Univers, à la recherche de nouvelles formes de vie ou d'autres civilisations.

En réalité, dans la physique quantique, il semble qu'un phénomène se produise effectivement plus vite que la vitesse de la lumière : la communication entre ce qu'on appelle les *particules intriquées*.

Les particules intriquées sont des paires de particules émises lorsqu'une particule se dégrade (naturellement, ou parce qu'un physicien la détruit) en deux nouvelles particules, si bien que, si l'une a un spin dirigé vers le haut, l'autre a un spin dirigé vers le bas[1]. Mais la physique quantique dit aussi que le spin de ces particules n'est pas défini du tout avant d'avoir été mesuré. Donc, une fois que vous faites l'expérience, si Alice mesure le spin d'une particule, Bob découvrira que le spin de l'autre particule lui sera opposé, même si Alice et Bob se trouvent à une longue distance l'un de l'autre.

Une fois que le spin d'une particule est mesuré, il semble qu'il communique immédiatement à sa particule jumelle ce que son spin devrait être. (Et quand nous disons immédiatement, nous voulons dire immédiatement.

Des expériences très complexes ont montré que la communication entre ces particules se passe à des vitesses des millions de fois supérieures à celle de la lumière.)

Les physiciens tendent à penser qu'en réalité ces expériences ne contredisent pas la relativité restreinte, parce que rien ne

1. Le spin (« tourner » en anglais) est une étrange propriété des particules quantiques de taille infime. C'est une notion très compliquée qui n'implique en réalité aucun mouvement de rotation quelconque.

se déplace réellement dans ce cas-là à une vitesse supérieure à celle de la lumière. Ils disent que les particules jumelles ne pourraient même pas, par exemple, être utilisées pour communiquer des informations, sans même parler de permettre de transporter quelque chose d'aussi gros que nous à travers l'Univers dans une machine de téléportation du type de *Star Trek*.

Mais cela n'empêche pas l'intrication d'être un réel problème de physique. Et ça ne nous empêche pas nécessairement d'aller rendre une visite aux Vulcains dans l'absolu.

Parce qu'il nous reste un dernier espoir de pouvoir accomplir un voyage intergalactique : un raccourci digne d'une histoire de science-fiction appelé trou de ver.

Pouvons-nous sauter à travers un trou de ver ?

UN TROU DE VER EST UNE SORTE DE TUNNEL d'espace-temps qui pourrait, en théorie, nous mener directement dans des galaxies très éloignées (ou des temps très lointains).

En voyageant à travers un trou de ver, vous pourriez vous déplacer aussi vite que vous le souhaiteriez et même arriver avant d'être parti.

Et la bonne nouvelle pour les fans de *Star Trek* est que les lois de la physique telles que nous les connaissons admettent que ces trous de ver pourraient exister.

La mauvaise nouvelle, cependant, est que les mêmes lois de la physique affirment que ces trous de ver seraient alors très instables, et qu'au moment même où vous décideriez d'y glisser quelque chose d'aussi gros que vous, ou votre vaisseau spatial, ou même un atome, ils s'effondreraient.

Ce qui nous amène à la dimension de la physique la plus surprenante de toutes...

Que sont les lois de la physique ?

L'IDÉE QU'IL DOIT Y AVOIR DES LOIS régulant la nature nous vint originellement de la comparaison avec les lois que nos sociétés se créaient. Les lois de la physique étaient vues comme une vaste force de policiers cosmiques maintenant l'ordre dans la matière et dans tout le reste de l'Univers.

La chrétienté se passait de ces forces de l'ordre, parce qu'elle avait un Dieu puissant qui se chargeait de toutes les lois et de leur respect, et parce que l'Univers semblait si bien élevé. Newton pensait que les lois mathématiques simples et élégantes qu'il avait découvertes avaient été élaborées dans l'esprit d'un Dieu tempéré et qu'elles constituaient des preuves de sa nature ordonnée et rationnelle.

Aujourd'hui, le fait que les lois fondamentales soient en quantité très réduite (même si les lois quantiques sont très étranges) est l'une des raisons pour lesquelles peu de physiciens pensent encore que nous avons besoin d'un Dieu pour maintenir les choses en l'état. Au contraire, les lois ont fini par être vues comme des propriétés fondamentales qui ont présidé à la formation de l'Univers (et de nous en son sein), exactement comme quelques règles simples expliquent pourquoi les molécules d'eau gèlent ensemble pour former une variété infinie de flocons de neige.

Mais l'importance des mathématiques en physique permet d'éviter facilement de se demander ce que sont réellement les lois qui la gouvernent. De nombreux physiciens se reconnaissent dans la formule : « Tais-toi et calcule ! » Ils réunissent les nombres : l'accélération due à la gravité ; le nombre de pommes dans la nacelle ; la taille de la montgolfière ; la température de l'air en son sein. Ils font la prédiction : la montgolfière va s'élever à 2500 mètres. Ils enfilent le parachute de secours. Et si, lorsqu'ils font leur voyage en montgolfière, ils sont installés confortablement et que les choses se passent comme ils les avaient prévues, ils aiment les lois de la physique.

Mais elles ne se limitent pas au fait de faire des calculs justes. Les meilleures expliquent également pourquoi ces calculs sont effectivement justes.

Par exemple, en 1915, la mathématicienne et physicienne allemande Emmy Noether a découvert comment la loi de conservation de l'énergie – qui est, comme nous l'avons vu, parmi les lois les plus utilisées et les plus importantes de la physique - découle directement de la structure du temps et de l'espace.

Par exemple, le fait que les lois de la physique soient les mêmes *à tout moment* nous donne la loi de la conservation de l'énergie. Et le fait que les lois de la physique soient les mêmes *partout* fait que le mouvement sera conservé. Et une fois que vous savez cela et que vous avez compris la forme de l'espace-temps, comme l'a fait Einstein, les relativités, restreinte et générale, s'expliquent d'elles-mêmes. Tout ce qu'il faut, ce sont des connaissances, de la créativité et peut-être une touche de génie. C'est incroyable, ce dont l'esprit humain est capable.

Il est encore plus incroyable que nous ayons testé et encore testé ces idées, et qu'elles semblent toujours avérées. Peut-être cela nous donne-t-il une forme de réponse à propos de la nature des lois. Mais le débat n'est pas clos pour autant.

Noether a prouvé son théorème en utilisant les mathématiques. Et les théoriciens de la physique, comme Einstein, présentent régulièrement des idées inédites en créant de nouvelles équations mathématiques bien avant que ces concepts puissent être testés en laboratoire. Donc, à la base des lois à l'intérieur de la physique, on retrouve les mathématiques. Et la raison pour laquelle, si on essaye de voir plus loin encore, les mathématiques expliquent la manière dont l'Univers fonctionne est sans doute le mystère le plus impénétrable de tous.

Y a-t-il d'autres questions ?

BIEN SÛR QU'IL Y EN A. Des quantités incroyables. Si vous avez un jour la chance de pouvoir parler à un vrai physicien, vous pourriez l'interroger des heures sur la beauté et l'étrangeté du monde.

Et tout ne se limite pas seulement aux grandes questions à propos des lois fondamentales de la nature ou de la création de l'Univers. D'autres sujets fascinent également les physiciens modernes. Nombre d'entre eux s'attaquent à des problèmes pratiques : ils améliorent l'efficacité de l'énergie solaire ou nucléaire, ils fabriquent des vaisseaux spatiaux ou essayent d'affiner la manière dont on peut prévoir la météo ; en utilisant les nanotechnologies, ils créent des machines microscopiques et des matériaux plus légers, plus résistants ; et, des ordinateurs aux scanners médicaux, ils sont toujours occupés à inventer de nouveaux gadgets et à perfectionner ceux qui existent déjà.

Quoi qu'ils fassent, les physiciens sont guidés par la passion de la découverte : l'envie d'être, pour un court instant, la première et unique personne à avoir jamais compris ou observé une chose nouvelle et, dans le même temps, de savoir qu'ils y sont parvenus uniquement par la puissance de leur propre pensée.

La physique n'est-elle pas extraordinaire ?

Lectures complémentaires

Si vous souhaitez en savoir plus sur les mystères de la physique quantique, *La Physique quantique sans aspirine*, de J. P. McEvoy, est le livre qu'il vous faut. Accompagné d'illustrations qui donnent vie aux explications, ce livre est une brillante introduction aux découvertes et aux fascinants scientifiques qui en sont à l'origine.

Si vous voulez découvrir ce qui se fait de plus pointu dans le monde de la physique dans son ensemble, et particulièrement les réponses données à la grande question de notre place dans l'Univers, *L'Esprit de Dieu*, de Paul Davies, répondra à vos attentes. C'est détaillé, bien écrit et complètement accessible.

Remerciements

Ce livre est dédié à l'incroyable Vix.
Merci à vous, maman et papa, et à Rosemary
et Terry pour m'avoir aidé à créer l'espace-temps
dont j'avais besoin pour écrire.
Merci à vous, Herbie, Iola, Rufus et Oscar, de vous être
assurés que je prenais des pauses régulières.
Merci à toi, Lindsay, d'avoir tout rendu possible.
Et merci à vous, Charles Symons, pour votre lecture
attentive et vos conseils avisés.

Index